# #मीरा-कूल

D1881532

डॉ. अलका अग्रवाल सिग्तिया

वाणी प्रकाशन

प्रकाशन के उत्कृष्टतम 62 वर्ष

vaniprakashan.com

पेपरबैक पहला संस्करण : 2025

वाणी प्रकाशन

*4695, 21-ए, दरियागंज, नयी दिल्ली-110 002*

*फ़ोन : + 91 11 23273167, 23275710*

**शाखाएँ**

*अशोक राजपथ, पटना-800 004, बिहार*

*कॉफ़ी हाउस कैम्पस, महात्मा गांधी मार्ग, प्रयागराज-211 001, उत्तर प्रदेश*

*महात्मा गांधी अन्तरराष्ट्रीय हिन्दी विश्वविद्यालय, वर्धा-442 001, महाराष्ट्र*

sales@vaniprakashan.in
vaniprakashan@gmail.com

#Meera_Cool
*by* Dr. Alka Agrawal Sigtia

ISBN : 978-93-6287-131-2
Satire



मुखपृष्ठ व कैरीकेचर्स : राजेश दुबे (जबलपुर), मेरी बात-कैरीकेचर : डॉ. एम. शाहबाज (मुम्बई)

मूल्य : ₹ 325



*जी.एस. ऑफ़सेट, दिल्ली-110 095 में मुद्रित*

*वाणी प्रकाशन का लोगो मक़बूल फ़िदा हुसैन की कूची से*

## समर्पण

*सब पाठकों के साथ*
*लेखकीय ईमानदारी से राब्ता रखने वाले लेखकों*
*और उन युवा रचनाकारों के लिए*
*जिनसे हम भी सीखते हैं।*

# अनुक्रम

# मेरी बात
## हर लेखक के भीतर हो एक मीरा

अपने नये व्यंग्य-संग्रह '#मीरा_कूल' के साथ अपने पाठकों की अदालत में फिर हाज़िर हूँ। संग्रह के कुछ व्यंग्य कुछ साल पहले दैनिक समाचार पत्र में स्तम्भ रूप में प्रकाशित हुए थे। बहुत से व्यंग्य बाद में भी लिखे गये, 'ताज बीबी हाज़िर हो' सबसे नवीनतम व्यंग्य है। कुछ साल पहले व्यंग्य समकालीन ख़बरों पर लिखे गये थे, पर जब उन्हें पढ़ती हूँ तो लगता है अधिकांश व्यंग्य अब भी मौज़ू हैं क्योंकि मानव प्रकृति और परिस्थितियाँ कमोबेश वैसे ही रहते हैं, सिरे से पूरी तरह नहीं बदलते।

बहुत से विद्वानों का कहना है कि मेरे व्यंग्य कहानी शैली में अधिक हैं। कहानी ज़िन्दगी, परिवेश, परिस्थितियों से जन्म लेती है तो व्यंग्य लेखन भी आसपास बिखरी विसंगतियों के भीतर साँस लेता है। इसलिए व्यंग्य और कहानी विधा एक-दूसरे का हाथ थामे साथ-साथ चलते हैं।

कुछ लोगों ने कहा कि इन्हें छपाकर तुम बहुत से लोगों के रोष का शिकार बनोगी, तब मुझे किसी का एक शेर याद आता है, जो कुछ इस तरह है, 'जैसा देखती हूँ, वैसा लिखती हूँ, मैं शहर की सबसे बड़ी फ़सादी हूँ'। चलो यही सही! हर लेखक के भीतर एक फ़ैज़ हो जो कह सके "बोल के लब आज़ाद हैं तेरे", हर लेखक के भीतर एक परसाई हो, जो कह सके, "जो अपने समय के प्रति ईमानदार नहीं, वह अनन्त के प्रति ईमानदार कैसे रह सकता है?" बाबा नागार्जुन, दुष्यन्त, पाश, धूमिल आदि इनकी लेखकीय ईमानदारी के कारण ही पाठक उनसे जुड़ पाता है। मेरी भी कोशिश होती है कि लेखकीय ईमानदारी को निभा सकूँ।

बचपन से ही विसंगतियाँ, बुराइयाँ विद्रोही बना देती थीं, परसाई जी से मिलकर उन्हें जानने, उन्हें पढ़ने, उन पर लघु शोध प्रबन्ध लिखने के बाद, वह विद्रोह और मुखर होने लगा था। करेला नीम चढ़ गया था। समाज और विश्व, धर्म, जाति और

वर्गों में बँट गया है। यह विभाजन मेरी क़लम को व्यंग्य की ओर मोड़ देता है। इस तल्खी में मेरे व्यंग्य अपनी शैली ख़ुद-ब-ख़ुद चुन लेते हैं। कहीं पौराणिक चरित्र आ जाते हैं, कहीं फैंटेसी आ जाती है, तो कहीं काव्यात्मक हो जाते हैं। विश्लेषण करने पर लगा कि पौराणिक चरित्र होने से रचना पाठकों तक आसानी से पहुँचती है, क्योंकि बचपन से हम उन चरित्रों के बारे में सुनते हैं तो आसानी से रिलेट कर पाते हैं। कृष्ण और अर्जुन पात्र बनकर आते हैं, तो स्वयं को राष्ट्रवादी बताने वाले कुछ लेखक, कटघरे में खड़ा करते हुए कहते हैं कि हिन्दू धर्म पर तो आसानी से कह लेते हो और धर्मों पर कहकर बताओ, तो हमने कहा, “कहा है भाई।” क़लम हिन्दू धर्म पर नहीं बल्कि धर्म के नाम पर आडम्बर और फैलती नफ़रत पर चलती है। सब इस बात से तो सहमत होंगे ही कि पहले अपना घर साफ़ करेंगे, पड़ोसी का घर साफ़ करने तो हम नहीं जाते ना!

धर्म को कितने लोग अब तक सरल भाषा में परिभाषित कर पाये हैं, यह भी एक बड़ा प्रश्न है, अपनी छोटी-सी समझ से जो पढ़ा, समझा, "धारयते इति धर्म:!" जैसे पानी का धर्म है प्यास बुझाना, भोजन का भूख मिटाना, मनुष्य के लिए कहा गया, "परहित सरिस धरम नहीं भाई।" साथ ही धर्म को जीवन जीने की शैली के रूप में देखा जाता है, तो संकुचित कर, अर्थ का अनर्थ क्यों? धर्म तो जीवन जीने की कला है। हमारी आस्था, हमारा विश्वास उसमें शाश्वत है।

पौराणिक चरित्रों पर प्रश्न उठाते हैं तो कहना चाहूँगी, पौराणिक चरित्र रचनाओं में भगवान की तरह नहीं आते बल्कि विसंगतियों को बेपर्दा करने वाले प्रतिनिधि की तरह आते हैं। प्रस्तुत संग्रह में मीरा, कृष्ण प्रभु की पीड़ा को कम करने के लिए धरती पर 'लैंड' हुई हैं, जिन प्रभु को लोगों ने सिर्फ़ मूर्ति समझ लिया है।

प्रस्तुत संग्रह में मीरा, कृष्ण और कबीर के संवादों के माध्यम से विसंगतियों पर चोट करने का प्रयास किया गया है। सदियों पहले भी मीरा ने परम्पराओं को तोड़ा था, धारा के विरुद्ध चली थीं। विरोधों के बावजूद रैदास उनके गुरु थे। मीरा ऐसी पात्र हैं, जो विसंगतियों के विरुद्ध खड़े रहने का माद्दा रखती हैं।

ऐसा कोई युग नहीं रहा जब विसंगतियाँ ना रही हों। यही विसंगतियाँ संवेदनशील मन में प्रश्नों के रूप में उथल-पुथल मचाती हैं। क्या सभी प्रश्नों के जवाब मिल जाते हैं? यदि सभी प्रश्नों के जवाब मिल जायें तो व्यंग्य लिखा ही क्यों जाये? विसंगतियों पर मौन को तोड़ने के लिए ही व्यंग्य जागरूक करता है। विष का प्याला पीने में मीरा मध्यकाल में भी नहीं डरीं, वर्तमान दौर में भी यह साहस ही चेतना पैदा करता है इसलिए मेरे इस संग्रह की नायिका मीरा हैं। मुझे लगता है कि हर लेखक के अचेतन में एक मीरा होनी चाहिए जो दुष्यन्त कुमार की तरह आकाश में सूराख़ करने की बात करे।

कुरीतियों के शत्रु से लड़ने के लिए मैदान में लड़ाई लड़नी पड़ती है इसलिए कबीर, मीरा को अपनी लेखनी का कॉपीराइट लेकर धरती पर भेजते हैं। मीरा, प्रभु से भी प्रश्न करने में नहीं कतरातीं। प्रभु का नाम लेकर कितने लोग दूसरों को सताते हैं, निर्बलों का शोषण भी करते हैं, मीरा सभी क्षेत्रों में घुसकर वहाँ की बुराइयों को जानने का प्रयास करती हैं। काला धन हो या हिन्दी की दुर्दशा, हवा सी व्याप्त रिश्वत हो या मन्त्री पद मिलने पर अनर्गल फ़ायदे उठाने के क़िस्से हों या स्त्रियों पर अत्याचार या कई बार कुछ स्त्रियों द्वारा ही स्त्री होने का ग़लत फ़ायदा उठाने की बात, धर्म परिवर्तन, राजनीति के साथ अन्य क्षेत्रों में बेतुके बयान, राजनीति के

जोड़-तोड़, वी. आई. पी. स्टेटस के ग़लत फ़ायदे उठाने की मानसिकता, धर्म, जाति और वर्ग के नाम पर टूटता समाज, विश्व में फैलती नफ़रत, देश के साथ पूरे विश्व में हो रही घटनाओं पर भी मीरा की तीखी नज़र है।

संग्रह की मीरा का साहस मध्यकाल का है पर परिस्थितियाँ वर्तमान आधुनिक युग की हैं इसलिए शीर्षक भी विषयानुकूल आधुनिक रखा गया है '#मीरा_ कूल'। प्यार के गीत गाकर वे शान्ति से धारा बदलने का साहस रखती हैं, इसलिए मीरा कूल हैं।

अपने विचारों से मेरे व्यंग्य-संग्रह को समृद्ध करने हेतु पितातुल्य व मार्गदर्शक आदरणीय ज्ञानरंजन जी, गिरीश पंकज जी, सरोजिनी प्रीतम जी, डॉ. शैलेश श्रीवास्तव के प्रति सादर आभार। बहुत ही कम समय में मेरे तमाम व्यंग्य के मूल भाव समझ कर, बहुत ही सशक्त कार्टून और कैरीकेचर से सजाने के लिए जबलपुर के कार्टूनिस्ट राजेश दुबे जी के प्रति तथा मेरे कैरीकेचर के लिए डॉ. एम. शहबाज जी के प्रति आभार। पाठकों का आभार, जिन्होंने प्रतिक्रियाओं से मेरे जोश को हमेशा बढ़ाया। वाणी प्रकाशन के अरुण माहेश्वरी जी के प्रति सादर आभार, जो इस पुस्तक को पाठकों के समक्ष लेकर आ रहे हैं।

विसंगतियों को देखकर मेरी क़लम ख़ुद-ब-ख़ुद उठ जाती है। बस चाहती हूँ कि पढ़कर पाठक भी विसंगतियों को समझें, उनके ख़िलाफ़ विरोध दर्ज करें। इसी आशा के साथ '#मीरा_कूल' आप सभी सुधी पाठकों के हाथ में है। आप सबकी प्रतिक्रिया के इन्तज़ार में, मैं...

**डॉ. अलका अग्रवाल सिग्तिया**

+919869555194

alkaauthor@gmail.com

# लैंडिंग ऑफ़ मीरा ऑन अर्थ

मीराबाई प्रभु धाम में भजन गा रही थीं–

'मेरे तो गिरिधर गोपाल, दूसरो ना कोई।'

पर प्रभु श्रीकृष्ण ना जाने कहाँ खोये थे। वे बहुत उदास रहने लगे थे।

मीरा ने परेशान होकर सूरदास, कबीरदास, तुलसीदास के साथ मीटिंग की।

"भाइयो मेरे प्रभु के चेहरे का लावण्य खोता जा रहा है। दिन पर दिन सूखते जा रहे हैं। क्या करूँ?"

सूरदास बोले "बहन मैं तो उनके बालपन को ही जानता हूँ, सम्भवत: कोई कंस फिर आ गया होगा।"

तुलसीदास बोले, "प्रभु राम के बारे में सब जानता हूँ। कृष्ण के बारे में कम पता है।"

कबीरदास बोले, "मीरा मेरे साथ तो तुम्हारे प्रभु का छत्तीस का आँकड़ा है। मूर्तिपूजा को लेकर।"

मीरा को निराश देख कबीर फिर बोले, "बहन दुखी मत हो। किसी तरह से उनके दुख का कारण पूछो, फिर कोई उपाय सोचते हैं।"

कबीर भाई की बात सुन मीरा तुरन्त प्रभु धाम पहुँचीं, रुक्मिणी ने प्रभु को सूचित किया। मीरा ने प्रभु से पूछा, "प्रभु, भगत के बस में है भगवान। यह कहावत कितनी सत्य है?"

"पूरी सत्य है मीरा।"

"प्रभु तो फिर आपको आज मेरा कष्ट दूर करना होगा।"

"क्या कष्ट है मीरा तुम्हें?"

"आपको परेशान देखकर मुझे कष्ट हो रहा है। कृपया बतायें आप इतने कृशकाय क्यों होते जा रहे हैं?"

"क्या बताऊँ मीरा आजकल भक्त छोटी-छोटी सी बात पर मुझे धरती पर बुलाते हैं। छप्पन भोग लगाते हैं, भागवत कथा कराते हैं।"

"प्रभु आपकी तो कितनी आवभगत होती होगी, फिर आप दुबले क्यों होते जा रहे हैं? आपके कितने भक्त हैं, धनवान भी, निर्धन भी।"

"मेरे निर्धन भक्त तो स्वयं महँगाई से त्रस्त हैं। उनके ख़ुद के पेट पिचके हैं। पहले तो रोटी-दाल खा लेते थे, किन्तु अब दाल बहुत महँगी हो गयी। प्याज़ रोटी खा लेते थे, प्याज़ महँगी हो गयी। अब ख़ुद क्या खायेंगे, मुझे क्या खिलायेंगे?"

"प्रभु, कबीर भैया तो अक्सर वहाँ जाते रहते हैं। बता रहे थे, आजकल सभी एक समानान्तर भगवान का नमो-नमो कर रहे हैं। ताकि रोटी, कपड़ा और मकान सस्ता हो जाये।"

"मीरा उन भगवान के सिंहासन पर आरूढ़ होने के बाद महँगाई और बढ़ गयी है। जीडीपी होती है एक चीज़, उसकी दर बहुत गिर गयी है।"

"प्रभु बात बदल गयी। ये बतायें, आप छप्पन भोग खाकर आते हैं, भागवत कथा का प्रसाद खाते हैं। तो फिर आप क्यों दुबला रहे हैं?"

"मीरा एक तो आजकल खाने में मिलावट बहुत होने लगी है। निर्धन भक्तों के यहाँ जब भी खाता हूँ, बीमार हो जाता हूँ। पानी भी नलके का पीना पड़ता है। ठीक-ठाक कुछ खाने को नहीं मिलता वहाँ। पता नहीं कैसे वो उस खाने को खाकर भी प्रसन्न रह लेते हैं?"

"प्रभु, बड़ी सख़्त जान हैं, निर्धन भक्त। उनकी जिजीविषा उन्हें जिलाये रखती होगी। केवल रंक नहीं, आपके भक्त तो राजा यानी बड़े-बड़े उद्योगपति और पैसे वाले भी हैं, वे तो आपको बहुत अच्छा भोग लगाते हैं।"

"मीरा पहले तुम जैसे भक्त परदों में छुपाकर, पट बन्द कर भोग लगाते थे। किन्तु अब यह पैसे वाले, जिसे महाभोग का नाम देते हैं, वह भी अब 'स्पॉन्सर' अर्थात प्रायोजित होने लगा है। प्रदर्शन कर भोग लगाते हैं। कभी उद्योगपतिनी राजी पोतदार तो कभी खंबानी, कभी सिंघानिया, कभी शाह ये सब स्पॉन्सर करते हैं।"

"राजी पोतदार? ये कौन है प्रभु?"

"पैंसठ सत्तर साल की उद्योगपतिनी है। अक्सर मीडिया में बने रहने के लिए कुछ न कुछ करती रहती हैं। इस जन्माष्टमी पर छप्पन भोग स्पॉन्सर किये थे।"

"तो अच्छी बात है ना प्रभु आपके जन्मदिन पर छप्पन भोग, स्वादिष्ट पकवान होते होंगे, आनन्द आता होगा!"

"आनन्द sss? यही तो समस्या है मीरा, यहाँ रुक्मिणी ने मेरे लिए अच्छा-अच्छा खाना बनाया था। मेरा जन्मदिन विशेष रूप से प्लान किया था। पर वहाँ धरती पर भजन पर भजन गाये जा रहे थे। बार-बार, बार-बार भक्त पुकार रहे थे। तो मुझे रुक्मणि का बनाया हुआ स्वादिष्ट भोजन छोड़कर जाना पड़ा।"

"ओह! पर नीचे तो छप्पन भोग तैयार थे।"

"अरे मीरा वह जो उद्योगपतिनी थी राजी पोतदार, चटक रानी कलर की अनारकली पहनकर भारी-भरकम हीरों का हार और कान में बड़े-बड़े हीरों के झुमके, हीरों की चूड़ियाँ पहने थी। 'पेड' चैनलों के कैमरा-मैनों के सामने अपने वैभव का प्रदर्शन करते हुए अलग-अलग पोज़ में फ़ोटो खिंचवाये जा रही थी।"

"तो प्रभु, आपको तो भोग खा लेना था ना।"

"वे भोग लगाने का गीत गा ही नहीं रहे थे। मुझे भूख लगी थी। मैंने चोरी से लड्डू की ओर हाथ बढ़ाया तो देखा चौबीस घण्टे मालदार असामियों की पल-पल की ख़बर देने वाले चैनल का कैमरा मेरी चौकसी पर था।"

"आप तो अदृश्य हैं। आपको कौन देख पाता?"

"तुम नहीं जानतीं मीरा। विज्ञान के ज़रिये, आज मनुष्य हमारी सत्ता को चुनौती देने लगा है।"

"वह कैसे प्रभु?"

"पिछले हफ़्ते ही, हम देवताओं की इमरजेंसी मीटिंग हुई थी। यमराज कह रहे थे पृथ्वीवासियों ने मेरा सारा शेड्यूल ही गड़बड़ कर दिया है।"

"प्रभु वह कैसे?"

"यमराज बता रहे थे। यमदूत शरीर में से आत्मा को लाने जाता है, तो डॉक्टर उनसे पंगा ले लेते हैं। मरते हुए जीव को वेंटिलेटर पर डालकर ज़िन्दा रखते हैं। जब तक लाखों नहीं बना लेते, यमदूत और डॉक्टर के बीच रस्साकशी चलती रहती है। उसमें मरीज़ को बीच में बाँध देते हैं।"

“यह तो अधर्म है प्रभु।”

“मीरा, इतना ही नहीं विष्णु जी भी इरिटेट मतलब परेशान हो गये हैं। बच्चे को किस घड़ी में, किस दिन जन्म दिलवाना है, अब यह भी डॉक्टर तय करने लगे हैं। तो अब तुम ही बताओ हम भगवानों से बड़े तो यह पृथ्वी वाले हो गये हैं कि नहीं?”

“तो फिर, ज़रा-ज़रा सी परेशानी में भी अपको क्यों टेर लगाते हैं।”

“वो तो ये ही जानें, पर मुझे वहाँ बहुत देर तक भूखा रहना पड़ता है। कुछ खाते हुए पकड़ लेंगे तो मुझे चोर कह देंगे। वैसे ही मेरा नाम माखन-चोर रखा हुआ है।”

“भक्ति के नाम पर सब क्या-क्या करते हैं प्रभु? आप सब मिलकर ऐसे तथाकथित भक्तों का बॉयकॉट क्यों नहीं कर देते हैं?”(प्रभु से मीरा भी कुछ-कुछ यह फिरंगी भाषा सीख गयी थीं)

“यही तो दुविधा है मीरा। नहीं कर पाता मैं ऐसा।”

उनकी बातें चल ही रही थीं कि पृथ्वी लोक से आवाज़ें आने लगीं।

“भक्त बुलाते हैं। भगवान तुम्हें आना होगा। काहे को देर लगाते हो जल्दी-जल्दी आना होगा। मीरा की एक पुकार पर चले आये थे, नहीं तो ज़हर पीकर वह टें बोल जाती। द्रौपदी की लाज बचाने चले आये। हमारी ‘चांस’ पर क्यों नहीं आते।”

“प्रभु ये कैसी भाषा है भजन की?”

प्रभु उदास होते हुए बोले, “मॉडर्न भाषा!” अचानक एक उड़ता हुआ सन्देश आया।

“प्रभु यह क्या है?”

“मीरा इसे व्हाट्सएप कहते हैं।”

“हाँ-हाँ कबीर भैया बता तो रहे थे। इसके बारे में।”

इस व्हाट्सएप को पढ़कर प्रभु ज़्यादा दुखी हो गये। एक कवि की क़विता जिसका भाव कुछ ऐसा था।

“पहले एक द्रौपदी का चीर हरण हुआ तो आप पहुँच गये। अब जगह-जगह दु:शासन, दुर्योधन ना जाने कितनी द्रौपदियों का शील हरण कर रहे हैं। आप क्यों नहीं आते?”

आगे प्रभु ने कहा, “मीरा जिसे देखो मुझे ताना मारता है। आई एम शेटर्ड।”

मीरा की आँखों में आँसू आ गये। मीरा को बात पूरी तरह समझ नहीं आयी, पर प्रभु के दुख से वे द्रवित हो गयीं, सोच लिया यह भाषा भी पूरी अच्छे से सीख लेंगी।

"प्रभु, आप विश्राम करें। मैं कोई रास्ता ढूँढ़ती हूँ, आपकी परेशानियों को दूर करने का।"

मीरा कबीरदास के पास आकर आँखों में अश्रु लिए कहने लगीं–

"कबीर भाई मैं क्या करूँ? अपने प्रभु की आँखों में अश्रु नहीं देख सकती।"

सान्त्वना देते हुए कहा "मीरा एक काम करो, मेरे दोहों, साखियों, कुण्डलियों का कॉपीराइट लेकर तुम पृथ्वी पर लैंड हो जाओ।"

"मतलब?"

"मतलब, तुम धरती पर जाओ, वहाँ विसंगतियों को देखो। उन पर करारा प्रहार करो। और अपने प्रभु की परेशानियों को दूर करो। मैं तुम्हारे साथ-साथ रहूँगा तुम अकेली नहीं रहोगी। अंग्रेज़ी ज़रूर सीख लेना जैसे प्रभु बात-बात में बोलते हैं, भारत में भी अंग्रेज़ी बोलोगी तो लोग अधिक प्रभावित होंगे ये कॉपीराइट भी समझ जाओगी।"

मीरा ने कुछ दिन उनसे ट्रेनिंग ली फिर उनकी लेखनी का कॉपीराइट साथ में लेकर अर्थ पर लैंड हो गयी। उन्होंने सोचा गणेशोत्सव चल रहा है तो सबसे पहले गणेश से ही, श्रीगणेश किया जाये। जहाँ उन्होंने लैंड किया, वहाँ एक मण्डप बना हुआ था वे उस ओर बढ़ीं। गणपति पण्डाल था। जब अन्दर पहुँचीं तो देखा गणेश को अजीब सी डिस्को ड्रेस पहना रखी थी। डिस्को थेक में लोग उन्हें नचा रहे थे। लुंगी डांस करा रहे थे। ज़ोर-ज़ोर से भोंडे गाने बजा रहे थे। "अरे ऐसे तो गन्नू बाबा के कान ख़राब हो जायेंगे।"

जब वे अकेले हुए,उनके पास पहुँचीं। उन्हें देखकर गन्नू बाबा सहम गये।

"मीरा आंटी, आप माताश्री-पिताश्री से मत कहना, कि मैं इतने गन्दे गाने सुनता हूँ। वे नाराज़ हो जायेंगे।"

मीरा ने सान्त्वना देते हुए उनके सिर पर हाथ फिराया।

"आप चिन्ता ना करें गन्नू बाबा मैं कुछ नहीं कहूँगी।"

दूसरे पण्डाल में गन्नू बाबा को एक छोटे-से स्कूटर पर बैठा रखा था, उनका इतना स्थूल शरीर, छोटा-सा स्कूटर, कितने डरे-डरे से बैठे हैं, एक किक मारेंगे, गुलाटी खा जायेंगे। वे चाहती थीं कि कुछ करें, पर अभी-अभी इस विचित्र लोक में आयी थीं किसी से परिचय भी नहीं था।

तीसरे पण्डाल पर पहुँचीं, तो आश्वस्त हुई यहाँ गणेश जी की विशाल प्रतिमा स्थापित की हुई थी। हालाँकि यहाँ पहुँचने के लिए दो घण्टे लाइन में लगना पड़ा था,

पर देखकर आश्वस्त हुईं। यहाँ गणपति का मज़ाक़ नहीं बनाया हुआ था। लोगों से पता चला, ये लाल बाग़ के राजा के नाम से जाने जाते हैं। वे उनसे मिलने के लिए मशक्कत कर रही थीं कि पर्दा बन्द हो गया। छुपछुपाकर अन्दर पहुँचीं तो देखा, मेकअप मैन उन्हें विशेष रूप से सजा रहे थे। किसी ने कहा, सिनेस्टार आज उनके भाग्यविधाता बनकर आ रहे थे। गणपति भी मेकअप कराने में व्यस्त थे इसलिए मीराबाई उन्हें मिल नहीं पायीं। बाहर धरती के बारे में जानने के लिए एक समाचार पत्र ख़रीदा जो अंग्रेज़ी में था। कबीर भाई ने उन्हें पहले ही बता दिया था भारत में भारत को जानने के लिए अंग्रेज़ी जानना, हिन्दी जानने से ज़्यादा ज़रूरी है। रीडर्स डाइजेस्ट जैसी कुछ किताबों से बहुत कुछ सीख लिया था। मीराबाई ने पढ़ा–

"मुम्बई चा राजा, टुडे वेलकमिंग हिज़ सेलिब्रिटी गेस्ट्स।"

ये सब देखकर उनका सर चकराने लगा, सोचने लगीं क्या लौट जाऊँ।
बाहर निकलीं तो सामने कबीर भाई रहस्यात्मक मुस्कान के साथ खड़े थे।
"बहन मीरा, अपने प्रभु की परेशानी कम करना चाहती हो ना?"
मीरा का संशय जाता रहा, दृढ़ निश्चय के साथ।

मीरा गली-गली गाते फिरने लगीं–

*"हेरी मैं तो प्रेम दीवानी,*
*मेरे कृष्ण का दर्द न जाने कोय,*
*आँखों देखी मैं गाऊँगी*
*प्रभु की पीर मिटाऊँगी।"*

# साईं इतना दीजिए...बीएमडब्ल्यू आये...

कबीरदास के दोहों, साखियों और कुण्डलियों का कॉपीराइट लेकर धरती पर लैंड होने के बाद मीराबाई की मुठभेड़ नयी-नयी विसंगतियों से होने लगी। देखा यहाँ तो बहुत विद्रूपताएँ हैं। वह धीरे-धीरे कोशिश करने लगी कि प्रभु की परेशानियों को दूर कर पाये। एक बार किसी बात की रिपोर्टिंग के लिए प्रभु को बहुत देर से फ़ोन लगा रही थीं, पर कृष्ण प्रभु का फ़ोन था कि लगातार बिज़ी आ रहा था। एक ही मैसेज बार-बार आ रहा था। 'नम्बर यू आर कॉलिंग इज़ बिज़ी, प्लीज़ कॉल आफ्टर सम टाइम। 'फाइनली प्रभु के फ़ोन की रिंगटोन बजी–'द होल थिंग इज़ दैट के भैया सबसे बड़ा रुपैया।' पूछ बैठीं,

"प्रभु ये क्या रिंगटोन लगा रखी है?"

प्रभु ने उवाचा, "मीरा पृथ्वीवासियों के दिल की सर्वोपरि भावना है, यह रिंगटोन।"

"प्रभु क्या है वह, बतायें, पर पहले यह बतायें, आपका फ़ोन इतनी देर तक लगातार बिज़ी क्यों था?"

"क्या बताऊँ मीरा, जिन-जिन भारतवासियों का काला धन स्विस बैंक में जमा है उन सबने फ़ोन कर-करके मेरी नाक में दम कर रखा है।"

"वो क्यों प्रभु?"

"मीरा, कमल पर विराजित नमो नमन भगवान प्रगट हुए हैं, उन्होंने घोषणा की है कि स्विस बैंक से देश का पूरा काला धन वापस लायेंगे।"

"कैसे प्रभु?"

"मुझे फ़ोन करके कई महानुभाव कहते हैं, कुछ करो! यदि काला धन पकड़ लिया गया तो क्या होगा हमारा? हम अय्याशियाँ कैसे करेंगे? बड़ी-बड़ी गाड़ियों में

कैसे घूमेंगे? दस-बीस घर कैसे रखेंगे, हमारे बच्चे इंटरनेशनल स्कूलों में कैसे पढ़ेंगे? हम विदेश यात्राओं पर कैसे जायेंगे?"

"प्रभु ये उनका प्रॉब्लम है आपको क्यों परेशान कर रहे हैं।"

"मीरा, सबने मुझे परेशान कर रखा है। अजीब हैं ये, पाप का फल मिलता है तो सीधा मुझे कटघरे में खड़ा कर देते हैं।" हे भगवान ये क्या किया?"

"सो सैड, प्रभु"

"रियली मीरा, एक ने कहा हम भैंसों का चारा खा-खाकर जुगाली भी नहीं किये। इतना बड़ा घोटाला किये। ससुरा रात-दिन एक कर दिया पइसा बनाने में। तब ना हम ऊ स्विस बंकवा में रुपया जमा किया हूँ। कोई दादागिरी है जिसका मन करेगा ऊ हमारा रुपया निकाल लायेगा?"

मुझे धमकाकर वो महाशय कहते हैं, "काहे के भगवान हो? पहले भी तो लोग धन जमा करते थे घड़ों में भर-भर कर ज़मीन में गड़ाते थे कि नहीं? हम कहे देते हैं कि इस धन पर हमारा और हमारी सिरीमती और हमारी 11 ठो सन्तानों का हक़ है। हम कहे देता हूँ हमारे साथ अगर कुछ गड़बड़ हुआ तो..."

"तो, तो क्या प्रभु?"

"मीरा नहीं बता सकता!"

गुस्से में वे बोलीं–

"प्रभु आपसे इस तरह बात करते हैं लोग?"

"अरे हाँ, कोई इटालियन में, कोई अंग्रेज़ी में, कोई मराठी में, कोई तमिल में न जाने कौन-कौन सी भाषाओं में लोग मुझे फ़ोन कर रहे हैं। और कोई रिश्वत ऑफ़र करता है, कोई धमकाता है।"

"कैसे प्रभु?"

मीरा साउथ इंडिया से फ़ोन आया।

"हेलो कृष्णा गॉड हम स्वामी निदी बोलता, हम और हमारा बेटी 2जी खाया, 3जी खाया। पचा बी नई पाया। कितना प्रॉब्लम हुआ। यहाँ का गवर्नमेंट इन्क्वायरी बिठाया। अम तुम्हारा पूजा भी कराया। अम किसी को फ़ोन नहीं करता, तुम्मको किया। यू आर लकी, डू द नीड फुल इमीडिएटली।"

मीरा ने चकित होकर पूछा, "प्रभु ये नेता, क्या-क्या खा जाते हैं?"

"क्या कहूँ मीरा, छप्पन भोग खायें, लड्डू-पेड़ा, बर्फ़ी खायें, तो ठीक है। इन्होंने तो कोयले खा-खाकर मुँह काला किया हुआ है।"

"कोयले की दलाली में हाथ काले होते हैं यह तो सुना था, प्रभु लेकिन मुँह!"

"वही तो मीरा, इन्होंने कोयले भी खा-खा के रुपये जमा किये हैं। बड़ा टेंशन है। हेडेक हो गया है मुझे।"

"प्रभु कुछ लेते क्यों नहीं?"

"मीरा सब लिया पर कोई दवा काम ही नहीं करती। कोई रास्ता सूझ ही नहीं रहा।"

"प्रभु आप रिलैक्स कीजिए। यदि आप आज्ञा दें तो मैं मिलती हूँ उन लोगों से। कुछ न कुछ रास्ता निकालूँगी।"

"आज्ञा है मीरा।"

प्रभु थके क़दमों से महल की ओर चले गये। मीराबाई ने भारत के काले धन वालों के पास मैसेज भेजा, कि वे मिलना चाहती हैं। वे तुरन्त तैयार हो गये।

"हाँ-हाँ मीराबाई कृष्ण भगवान तक हमारा मैसेज पहुँचा दीजिए क्योंकि आजकल उनकी सारी फ़ोन लाइन जाम हो रखी हैं।"

मीराबाई का ज़ोरदार स्वागत हुआ। सब अपने-अपने पेपर लेकर पहुँच गये। "मीरा जी क्या खायेंगी।"

मीरा बोलीं "कुछ नहीं भाइयों।"

"मीरा बेन खा-पीकर बात अच्छी होगी।"

"भाइयो खा-पी लिया तो ठीक से बात नहीं कर पाऊँगी। चलिए पहले कुछ सत्संग हो जाये।"

बिना मन उन्होंने कहा "ठीक है चलिए कर लेते हैं।"

"हाँ तो भाइयों–बहनों, कबीर भाई का यह दोहा आप सब मेरे साथ गाइए–

*साईं इतना दीजिए, जामे कुटुम समाय*
*मैं भी भूखा ना रहूँ, साधु न भूखा जाये।*
*कबीरा...साधु ना भूखा जाये!*

गाइए–

उन लोगों ने गाना शुरू किया–

*साईं इतना दीजिए, बीएमडब्ल्यू आये,*
*ऑडी मुझको भी मिले रोल्स-रॉयस मेरे गैरेज की शान बढ़ाये।*
*जुहू बीच पर बंगला बने बैंक बैलेंस बढ़ जाये*
*बिल गेट्स, अम्बानी, अडानी से भी ऊपर मेरा नाम आ जाये।*
*कबीरा मेरा नाम आ जाये...*

"भाइयों-बहनों आप ये क्या गा रहे हैं, मैंने ऐसा तो नहीं कहा था, ना ही यह कबीर की वाणी है।"

"देखिए मीरा मैडम, हमें आपके मन की बात या कबीर वाणी का प्रचार नहीं करना, अपने मन की बात करनी है। पैसा पैसा पैसा, द होल थिंग इज़ रुपया, डॉलर, हम लोग वो गा रहे हैं, जो दुनिया का सर्वोपरि सत्य है।"

"भाइयो दुनिया का सर्वोपरि सत्य तो..."

बीच में ही वे बोले–

"पैसा है, लक्ष्मी माता है और हमारी मनोकामना बहुत अमीर बने रहने की है। पैसा ही सर्वोपरि सत्य है।"

"बन्धुओं यह सब तो माया है, झूठी माया। सच्चा तो केवल ईश्वर का नाम है। कबीर भाई ने कहा है ना, माया महा ठगिनी हम जानी।"

"आप राजनीति वाली माया जी की बात कर रही हैं?"

मीरा कुछ कहती उसके पहले ही भीड़ में से एक महिला खड़ी हुई। उसके कपड़ों में जगह-जगह पैबन्द लगे थे। शरीर के अंग-अंग से ख़ून रिस रहा था। सर पर जंग लगा हुआ एक मुकुट पहन रखा था।

आक्रोश में उसने कहा, "मीरा क्यों पत्थर से अपना सर टकरा रही हो? बेटी ये समझने वाले नहीं।"

"माँ आप कौन हैं और आपकी यह हालत?"

"मीरा मैं भारत माता हूँ। यहाँ हर शख़्स जो कुर्सी पर बैठता है, अपने आप

को, मेरा बेटा या बेटी कहता है। फिर वही बेटे-बेटी, मेरी बोटी-बोटी नोचते हैं। उन्हें बेचते हैं और उससे कमाया धन विदेशों में ले जाकर जमा करते हैं।"

मीरा की आँखों में आँसू आ गये।

"भारत माता आपकी इस दशा को मैं ठीक करूँगी। आप चिन्ता क्यों करती हैं नमो नमन नाम का आपका एक बेटा और उनके चेलेगण सारा काला धन वापस लायेंगे, आपकी दशा सुधारेंगे माँ।"

"कितनी भोली हो मीरा! ऐसा कुछ नहीं होने वाला। देखो मेरे अंगों पर हवाला, बोफोर्स, यूनियन कार्बाइड, व्यापम, राफेल, चिक्की-घोटाला न जाने कितने-कितने घाव हैं। हर बार जनता ने समझा, भारत माता का लूटना अब बन्द होगा। लेकिन सत्ता के आगे न्यायालय, संविधान सब घुटने टेक देते हैं। कौन किसका नाम उजागर करेगा? सब तो एक थाली के चट्टे-बट्टे हैं। कौन यहाँ दूध का धुला है? जाओ बेटी जाओ प्रभु से कह दो इन देशद्रोहियों के फ़ोन लेने बन्द कर दें और अपनी सेहत का ध्यान रखें क्योंकि इस काले धन से ही तो इन सबने ख़ुद को सफ़ेदपोश बनाया हुआ है, तुम तो जाओ चैन से भजन गाओ।"

"नहीं माता मैं हार नहीं मानूँगी। मैं सब को समझाऊँगी। इनका हृदय परिवर्तन करूँगी। इन्हें बताऊँगी कि राम नाम का धन ही सबसे बड़ा धन है।"

दुख भरी व्यंग्यात्मक हँसी के साथ भारत माँ बोलीं–

"मीरा, ये तुम्हारा हृदय परिवर्तन कर देंगे।"

काले धन वाले ये सफ़ेदपोश अब उद्दण्ड होने लगे थे।

"मीरा जाओ बेटी यहाँ से। इनकी पोशाक का सफ़ेद रंग अब मटमैला होना शुरू हो गया है।"

"माँ अभी जा रही हूँ, पर मैं फिर आऊँगी।" मीराबाई गाते हुए वापस मुड़ीं।

*घायल की गति घायल जाने, जो कोई घायल होय...*
*हेरी मैं तो प्रेम दीवानी मेरो दर्द न जाने कोय।*

पीछे भारत माता की चीख़ सुनाई दी। पर मीरा कुछ नहीं कर सकीं। आँखों से आँसू बहे, मुँह से निकला, "दर्द की मारी बन-बन डोलूँ...!"

शायद फिर भारत माँ का कोई बेटा या बेटी उनकी बोटियाँ काटकर बेचने ले जा रहा था, ताकि उससे कमाया हुआ धन विदेश ले जाकर जमा कर सके।

# हिन्दी हमारी माता है

जब मीरा धरती पर आ रही थीं, कबीर भाई ने उन्हें वर्तमान भारत की दशा और दिशा एक हद तक समझाई थी क्योंकि वे अब भी धरती पर लगातार बने रहते हैं। उन्होंने मीराबाई को अंग्रेज़ी और हिन्दी के पासंग (तराजू के दोनों पलड़ों के बोझ का अन्तर) के बारे में बताते हुए समझाया था, मीरा, जम्बू द्वीप में अंग्रेज़ी हिन्दी से अधिक ताकतवर है, तो ज़रूर यह भाषा सीखना। तब उनकी समझ में बात उतनी आयी नहीं थी, पर इस घटना के बाद कबीर भाई की बात पूरी तरह समझ आयी जब सितम्बर माह और श्राद्ध पक्ष था, वे धरती पर एक तारा लेकर गाते हुए घूम रही थीं–"मेरे तो गिरधर गोपाल..."

तभी देखा कि एक जगह किसी महिला का श्राद्ध समारोह चल रहा था। वे भी उत्सुकतावश वहाँ पहुँच गयीं। उन्हें देखकर वहाँ एकत्रित लोगों में या कहें भीड़ में कुछ खुसुर-पुसुर चालू हो गयी। उनमें से एक उनके पास आकर बोला–

"हेलो मैडम, हाउ डू यू डू?"

कबीर भाई के निर्देशानुसार मीरा जी ने रीडर्स डाइजेस्ट रट डाली थी। वे बोलीं, "फाइन हूँ।"

वैसे श्रीमान, "ये किनकी माता जी थीं, जिनका आप श्राद्ध मना रहे हैं। मैं भी उन्हें अपनी शोक संवेदना दे दूँ," कहकर वे कबीर भाई का यह पद गाने लगीं– "रहना नहीं देस बिराना है।"

उन लोगों ने इस पद पर ध्यान न देते हुए बगलें झाँकते हुए कहा, "हम सबकी माँ थी...यू नो..."

मीराबाई का मुँह खुला रह गया, देखा वहाँ कम-से-कम दो सौ लोग तो होंगे।

"जी, यानी आप लोग कौरवों से भी ज़्यादा हैं।"

उन्होंने कहा, "उनके तो करोड़ों बच्चे हैं।"

"मतलब राजा सगर से भी आगे?"

"जी वो सारे देशवासियों की माँ हैं, यू नो राष्ट्रमाता।"

"भाइयों मैंने राष्ट्रपिता तो सुना है, पर राष्ट्रमाता?"

"मैम, आपको इतना भी नहीं मालूम? राष्ट्रमाता अर्थात हमारी मातृभाषा हिन्दी।"

"ओह, तो आप हिन्दी भाषा का श्राद्ध मना रहे हैं! पर यहाँ माहौल तो उत्सव जैसा है?"

उनकी बात को नज़रअन्दाज़ करते हुए उन्होंने आपस में कुछ इशारा किया और कहा, "आपका 'गेट अप' तो मीराबाई जैसा है ! यूँ कीजिए कि आज आप ही हमारी चीफ़ गेस्ट बन जाइये।"

"जी मैं, सचमुच मीराबाई हूँ।"

"ओ रियली! व्हॉट अ जोक! अगर ऐसा है तो फिर तो आप कबीरदास, सूरदास, तुलसीदास को भी ला सकती हैं। वो भी आ गये तो हमारा ये प्रोग्राम हिट हो जायेगा। ख़ैर क्या है ना, हमारे 'सेलिब्रिटीज' आने वाले थे। पर लास्ट मिनट पर मन मुताबिक़ पैसा न मिलने की वजह से माजी रावंत, निहार विश्वास ने आने से मना कर दिया। भानु श्रीवास्तव का कोई लाफ्टर शो आ गया।"

अचानक मीराबाई को साँवरिया की याद आ गयी और वे गाने लगीं "म्हाने चाकर राखो जी।"

"देखिये मैडम हमारे पास वैकेंसी नहीं है। ख़ाली आज का 'पेमेंट' हम कर देंगे।"

"अरे आप मीराबाई को चीफ़ गेस्ट बनाना चाहते हैं और आपको उनके पदों के बारे में पता ही नहीं है?" किसी ने दबी आवाज़ में कहा।

एक ने दार्शनिक अन्दाज़ में कहा, "ये तो रीत पुरानी है, हिन्दी की डफली बजाने वाले, हिन्दी साहित्य को जानते ही कितना हैं?"

"देखिए, नहीं रुकना मुझे यहाँ, मेरा मन कह रहा है, चल मनवा जमना के तीर।"

इस पर उनमें से एक ने सारे दरवाज़े बन्द कर दिये।

मैडम अब आप चुपचाप चलिए ऊपर।

उन्होंने फिर विरोध नहीं किया, सोचा ये मंज़र भी देख लिया जाये। मीराबाई को मंच पर ले जाकर उन्होंने वहाँ उपस्थित बाक़ी लोगों से परिचय कराया–

"मीराबाई जी ये हैं फलाँ-फलाँ और ये हैं श्रेष्ठ हिन्दी कवि श्री हिन्दी लाल जी।"

मीरा ने पूछा, "ये कैसा नाम है?"

"जी माताजी, यह नाम हम ख़ास इन दिनों यानी सितम्बर माह में रखते हैं।"

संचालक महोदय ने कहा, "आज हमारे बीच स्वर्ग से मीराबाई पधारी हैं।"

एक युवक खड़ा हुआ, "अच्छा वो मीरा, पग घुँघरू बाँध मीरा नाची थी, नाची थी, वाली?"

बाक़ी लोग कहने लगे, "ऐसा कैसे हो सकता है?"

"हमारे अध्यक्ष सुशील जी के लिए कुछ भी असम्भव नहीं है।" सबने समवेत स्वर में नारा लगाया–मीराबाई की जय।

अब हिन्दी लाल जी पढ़ने के लिए माइक पर आये–

"हिन्दी का बेटा हूँ मैं, हिन्दी मेरी माता है। नहीं करूँगा कभी मैं अपनी माँ का अपमान। बोलो हिन्दी माता की जय, बोलो जय हिन्दुस्तान।

वे अपनी जोड़-तोड़ की कविता पढ़े जा रहे थे और बार-बार मीराबाई की ओर देख रहे थे। मजबूरी में उन्हें भी ताली बजानी पड़ रही थी। वे सोच रही थीं, मंच पर आसीन होते ही बहुत से झूठ ओढ़ने पड़ते हैं क्या? इस कविता को वीर रस में डुबाकर वे ऐसे पढ़ रहे थे कि उनका सारा शरीर कम्पायमान हो रहा था। फिर एक टी.वी. चैनल के चीफ़ ने बोलना शुरू किया–

"दोस्तो हिन्दी हमारे राष्ट्र को जोड़ती है, हमें हिन्दी में ही लिखना-पढ़ना चाहिए।"

जब वे बोल रहे थे तो मीराबाई के बाजू में बैठे एक पत्रकार ने कहा, "मैडम जी, ये हिन्दी की खाते हैं पर हिन्दी की ही उखाड़ते हैं। कहते हैं कि हिन्दी में 'कम्फ़र्टेबल' नहीं हैं। देखा आपने अपना भाषण भी अंग्रेज़ी में लिखवाकर पढ़ रहे हैं।"

इतने में वहाँ राजभाषा यानी हिन्दी विकास मन्त्री आ गये। समूचा वातावरण मन्त्रीमय हो गया। मन्त्री जी की भाव-भंगिमा के अनुरूप वहाँ उपस्थितों की भाव-

भंगिमा मिमिक्री कर रही थी। मन्त्री जी हँसते तो सब खीसें निपोरने लगते, मन्त्री जी के गम्भीर होते ही सब गम्भीर हो जाते। आयोजकों ने उनकी प्रशंसा के पुल हिन्दी में ही बाँधे, साथ ही हिन्दी की दयनीय स्थिति का रोना रोते रहे। हिन्दी की स्थिति पर उनके रुदन से द्रवित होकर मन्त्री महोदय ने एक करोड़ का अनुदान उनकी संस्था के लिए घोषित कर दिया। इधर कवि हिन्दी लाल जी मोबाइल पर अपने सपूत से कह रहे थे,

"ये हिन्दी-विन्दी से कुछ नहीं मिलने वाला है। तुम 'फस्र्स्ट लैंग्वेज, इंग्लिस' को ही चुनना। पर हाँ सेकंड लैंग्वेज हिन्दी ज़रूर रखना, हिन्दी पखवाड़े, सितम्बर माह में साइड इनकम हो जाया करेगी। विश्व हिन्दी सम्मेलनों का भी जुगाड़ हो जायेगा।"

"मीराबाई के लिए उस माहौल में बैठना दूभर हो गया और कबीर भाई की वाणी याद आने लगी–*स्वारथ को स्वारथ मिले, पड़ि लूंब सूं लूंब।*

मंच के जादू से ख़ुद को आख़िर मुक्त किया, उनके भीतर ओज का संचार हो गया। वे ख़ुद को रोक न सकीं और खड़ी होकर 'शब्द शब्द सब कोई कहे' कबीर भाई के एक दोहे के सोंटे की मार के साथ कहा–

*हिन्दी-हिन्दी सभी कहें, दिल में नहीं विचार,*
*सच्चे दिल सेवा करो, तब हो हिन्दी उद्धार।*
*श्राद्ध मना तो सब रहे, अपनी जेबें भर रहे,*
*हिन्दी दिवस के नाम पर, मिलकर ये क्या कर रहे।*

संचालक महोदय ने दाँत पीसते हुए, पर चेहरे पर मुस्कान लिए लोगों से कहा, "मीराबाई के दिमाग़ में कुछ ख़लल आ गया है, इसलिए इन्हें अब जाना होगा।"

बन्द दरवाज़े खोल दिये गये। सारी सभा हँसने लगी। मीराबाई के चेहरे पर भी व्यंग्यात्मक मुस्कान आयी 'मन न रँगाये, रँगाये जोगी कपड़ा। हिन्दी को मन में बसाते तो हर दिन हिन्दी दिवस होता।'

उन्हें कबीर भाई की बात आज पूरी तरह समझ आयी यहाँ इंडिया में सर्वाइव करने के लिए, अंग्रेज़ी इम्पोर्टेंट है। हिन्दी तो बस ज़रूरत बखत में काम में लेते हैं।

हिन्दी माता के लिए संवेदना से उनका दिल भर गया। वे वहाँ से गाते-गाते निकल गयीं–

*"कड़वा बोल लोक जग बोल्या, करसी म्हारी हाँसी।"*

# रिश्वत धन की लूट है, लूट सके तो लूट

हिन्दी दिवस पर आयोजकों की दोहरी मानसिकता से मीरा बहुत आहत हुई थीं, समझ गयी थीं ऐसे लोगों के रंग में रँगकर ही बात बन सकेगी। सामाजिक, सांस्कृतिक, राजनैतिक, आर्थिक, साहित्यिक आदि सभी क्षेत्रों की विसंगतियों की जड़ तक पहुँचने के लिए मीराबाई ने बहुत से क्लबों की सदस्यता ले ली। वहाँ व्यापारी, शिक्षाविद्, एन.जी.ओ वाले, सरकारी महकमों वाले बहुत से क्षेत्रों के दोनों ही तरह के लोगों से मिलना होता था जैसे सरोकारों की बात करने वाले सच्चे और छद्म दोनों ही तरह के चरित्र, ईमानदार, बेईमान, भ्रष्टाचारी, रिश्वतखोर, शिक्षा के नाम पर व्यापार चलाने वाले आदि आदि। एक तरह से कहा जाये तो समाज, साहित्य, संस्कृति, राजनीति सभी से यहाँ उनकी मुलाक़ात हो जाती थी। एक बार वे ऐसी ही किसी मीटिंग से आ रही थीं देखा कि प्रभु बहुत थके हुए कहीं से आ रहे हैं।

"प्रभु इतने थके हुए क्यों हैं, कहाँ से आ रहे हैं?"

"मीरा मुझे अमेरिका जाने का वीज़ा चाहिए था, हर स्थान पर दलाल फैले हुए हैं। बाप रे बाप यहाँ तो बिना लिये दिये याने रिश्वत के बिना कुछ होता ही नहीं। ले-देकर भी सब बेकार, काम फिर भी नहीं हुआ!"

मीराबाई कुछ व्यंग्यात्मक ढंग से मुस्कुरायीं।

"मीरा ऐसी मुस्कान का क्या मतलब?"

"कुछ नहीं प्रभु। बस यूँ ही। पर आपके लिए तो चुटकियों का काम है। एक बार द्वारका चले जाइए या मथुरा चले जाइए। आपका इतना नाम है वहाँ कोई भी इन्तज़ाम कर देगा, आप तो इतिहास पुरुष हैं।"

"यही तो 'ट्रेजेडी' है मीरा इतिहास पुरुष बनकर ही रह गया हूँ। मथुरा में पंडे मेरे नाम पर पैसे कमा रहे हैं। ना जाने कैसे-कैसे झूठ बोलते हैं। लोगों को चूना लगाते हैं। मैं और रुक्मिणी एक बार मथुरा गये, एक पंडे महाराज आये और हमसे

कहने लगे चलिए यजमान आपको गोकुल ले चलते हैं, आपको कन्हैया के बालपन की झाँकी दिखायेंगे। हमने कहा, हम तो स्वयं कन्हैया हैं। इस पर हमारी पीठ पर धौल जमाते हुए बोले–

'हैं-हैं अब चीफ़ पंडे से मज़ाक़ करोगे!! क्यों जी लल्ला ये डरेस, तुमने कौन डरेस वाले से ली है? एकदम रियल लग रहे हो। हमारे लाख मना करने के बाद भी घेर-घार के हमें गोकुल ले ही गये। एक झूला दिखाकर बोले–

'या झूला में मैया कन्हैया को झूला झूलाती रही।'

हमने कहा, 'यह वह झूला नहीं है,' तो हमें आँख दिखाकर बोले, 'अविस्वास करोगे, तो पाप लगेगा। देखो लल्ला अब चुपचाप घुटने चलो। येई जगह पर मैया ने कन्हैया को घुटनों के बल कान पकड़कर खड़ो कियो थो।'

हमने कहा आप झूठ कह रहे हैं, तो बीच में रोकते हुए पण्डे ने कहा, 'जादा नाय बोलो, नई तो अगले जनम में गूंगो ह्वै जैगो।'

हमसे वो महाशय नौटंकी कराते गये और रूपये झटकते गये। मीरा अब यह बताओ जो हमारी जेब से पैसे निकाल लेते हैं, हमको पैसा कैसे देंगे। द्वारिका तो समुद्र में समा गयी, कहाँ बचा अब हमारा कोई राज पाट!"

मीरा गहरी सोच में थीं। कृष्ण आगे बोले–

"जी जलता है, लोग मेरे नाम पर कैसी-कैसी लीलाएँ कर रहे हैं, कैसे लोगों को चूना लगा रहे हैं। पिछले दिनों एक लड़का, स्विमिंग पूल से लड़कियों के कपड़े लेकर भाग गया। पकड़े जाने पर बोला, 'मैं तो भगवान कृष्ण की दिखाई राह पर चल रहा हूँ। उन्होंने भी तो नहाती हुई गोपियों के कपड़े चुराए थे।'

एक अध्यापक अपनी विद्यार्थिनों के साथ लीला करते पकड़े गये, बोले, 'कृष्ण भी तो गोपियों संग रास रचाते थे।'

'राजनीति में, उल्टे-सीधे काम करके, कहते हैं हमने कृष्ण से सीखी है राजनीति। मेरी क़िस्मत तो देखो, मन्दिर में सब मेरे आगे हाथ जोड़कर खड़े होते हैं, मुझसे कुछ माँगते हैं लेकिन यहाँ अपने छोटे-छोटे से काम कराने के लिए मुझे सबको रिश्वत देनी पड़ती है। क्या ज़माना आ गया है!'

पृथ्वी पर आकर मीरा भी थोड़ी होशियार हो गयी थीं, बोलीं, "प्रभु यह तो 'टिट फॉर टैट' वाली बात हो गयी ना।

"क्या मतलब मीरा?"

"लोग कहते हैं, भगवान को पैसे चढ़ाएँगे, भोग लगाएँगे तो काम जल्दी बनेगा। प्रभु मैं आपके पक्ष में जब बातें रखती हूँ तो विरोध के जो स्वर उठते हैं, वे भी आप तक पहुँचाना मेरा कर्तव्य है। कुछ लोग कहते हैं, आप भी तो लोगों का काम करने के लिए किसी से 11 रुपये, किसी से 1100 रुपये लेते हैं। तो किसी से सवा मन का भोग लगवाते हैं ना। सुदामा भी आपसे ख़ाली हाथ नहीं मिल पाये थे। उनकी पत्नी जानती थी कि राजा से मिलने जाना है तो रिश्वत तो लेकर जाना ही होगा क्योंकि अब वह दोस्त राजा बन चुका है आपने भी तो सुदामा के पूरे चावल ले लिए थे।"

"मीरा, वो तो भेंट थी, मैं नहीं लेता तो उसका अपमान होता।"

"वही तो प्रभु! पृथ्वी-लोक में रिश्वत को भेंट, प्रसाद और बच्चों के लिए मिठाई समझकर ही आदान-प्रदान किया जाता है।"

"मीरा, अब तुम भी मुझ पर ताने कसने लगी?"

"प्रभु मैं ऐसा सोच भी नहीं सकती, मैं तो लोगो के गुणा-भाग की बात कर रही हूँ!"

"तो फिर इसका क्या अर्थ लगाऊँ कहाँ से ये फ़ितूर तुम्हारे दिमाग़ में आया?"

"क्या करूँ, किसी भी धर्म के कर्मकाण्ड के ख़िलाफ़ कहीं से कुछ भी भनक पड़ी तो मॉब लीचिंग का शिकार बना दिये जायेंगे। इन्सान, इन्सान नहीं रह गया मज़हबों में बाँट दिया गया है। कुछ साल पहले एक दंगा हुआ सब एक-दूसरे के ख़ून के प्यासे हो गये एक सोसाइटी का नाम ख़ुदा के नाम पर था। कुछ ने कहा, कुछ दिनों के लिए बोर्ड हटा देते हैं। पढ़े-लिखे इंजीनियर तक अड़ गये, हम बोर्ड नहीं हटाएँगे, हमारे ख़ुदा के वजूद का क्या होगा तब एक उम्रदराज़ खाला बोलीं, बोर्ड में है क्या, ख़ुदा का वजूद, इतना छोटा है? तो दूसरी तरफ़ कुछ सोसाइटी में ख़ुदा के बन्दों को फ़्लैट नहीं मिलते। प्रभु कल ही खान भाई, तौरानी और हिरानी की फ़िल्म 'पीके' देखकर आँखें खुली हैं। यह फ़िल्म देखकर हिन्दू धर्म के आडम्बरों

को तो जान गयी हूँ, हाँ मस्जिद और चर्चों यानी दूसरे धर्मों की पूरी सच्चाई जान सकूँ, उन्हें सामने लाने के लिए इन्हें कबीर भाई की क्लास अटैंड करनी पड़ेगी।"

कबीरदास का नाम सुनते ही प्रभु के माथे पर बल पड़ गये।

"ठीक है, ठीक है अब अमेरिका के वीज़ा की बात करो।"

"सोचने दीजिए प्रभु मुझे, अचानक चुटकी बजाते हुए मीरा ने कहा, आइडिया दस दिन बाद बैस्ट रिश्वतखोर "अवॉर्ड फंक्शन" है। उसमें अगर आप चीफ़ गैस्ट बन जायें, तो सारे रिश्वतखोरों से आपका 'वन टू वन इंट्रोडक्शन' हो जायेगा। आपका काम आसानी से हो जायेगा।"

"पर यह सम्भव कैसे होगा?"

"प्रभु यहाँ आने के बाद इतना जोड़-तोड़ तो जान ही गयी हूँ। आपका नाम मैं 'रिकमैंड' करूँगी। आयोजक मेरी बात को टाल नहीं पायेंगे, क्योंकि प्रायोजक मैंने दिया है।"

आयोजकों ने कुछ ना-नुकुर की, क्योंकि वे ग्लैमर इंडस्ट्री से एक बड़े हीरो को लाना चाह रहे थे। मीराबाई ने कहा, "तो ठीक है आप कोई और स्पॉन्सर देख लें।"

"अरे नईं-नईं मीरा मैम जैसा आप कहें..."

आख़िर मीराबाई ने कृष्ण प्रभु को चीफ़ गैस्ट बनवा ही दिया। प्रभु ने चैन की साँस ली क्योंकि उनके भजनों के कार्यक्रमों तक में कोई नेता-अभिनेता, अफ़सर मुख्य अतिथि होते थे।

"प्रभु आइए आपको इन रिश्वतखोरों से परिचित करवा दूँ कि इनमें किसके-किसके नॉमिनेशन हैं?"

मीराबाई प्रभु को सब समझा रही थीं–

"देखिए ट्रैफ़िक पुलिस, पीएचडी करने वाले कुछ तथाकथित गाइड, पैसे लेकर दर्शन कराने वाले, पैसे लेकर सेंसर बोर्ड में फ़िल्में पास कराने वाले, पैसे लेकर फ़िल्मों में काम दिलाने वाले, पैसे लेकर लेखक को आगे लाने वाले, पैसे लेकर पुरस्कार देने वाले, कार्पोरेट सेक्टर के अधिकारी, पैसे लेकर परीक्षा के पेपर लीक करने वाले, ऊपर से ग़रीबों तक पहुँचने वाले एक सौ रुपये को बीस रुपये कर देने वाले, सभी क्षेत्रों के दलाल वग़ैरह-वग़ैरह।"

मीराबाई ने प्रभु को ऐसी पूरी लिस्ट दे दी थी। कार्यक्रम का दिन आ चुका था। एंकर स्टेज पर आ चुका था, बस कुछ ही देर में कार्यक्रम शुरू होने वाला था। प्रभु भी सूट-बूट पहनकर आये थे। उन्होंने देखा एक व्यक्ति को कुछ ज़्यादा ही भाव

दिया जा रहा है। उन्होंने मीरा से पूछा–

"मीरा ये 'एटीट्यूड' वाले कौन जनाब बैठे हैं जिन्हें मुझसे ज़्यादा पूछा जा रहा है।"

"प्रभु ये 'एंटी करप्शन ब्यूरो' के चीफ़ हैं।"

प्रभु बोले, "मीरा खिसक लो यहाँ से। कहीं ये मुझे कारावास में बन्द ना कर दें, रिश्वत लेने के चक्कर में। माता देवकी और बाबा वसुदेव को ही कारावास से निकालने में मुझे नाकों चने चबाने पड़े थे। कहीं भेंट लेने के मामले में मेरे पीछे पड़ गये, इन्क्वायरी बिठा दी तो..."

"प्रभु चिन्ता मत कीजिए। हाथी के दाँत खाने के और दिखाने के और हैं। हाथ कंगन को आरसी क्या, इन्होंने जो नम्बर दिया है, एक बार डायल करके देख लीजिए, कोई उठाने वाला नहीं फ़ोन। हक़ीक़त सामने आ जायेगी। आप तो बिना डरे उस महकमे के सभी अधिकारियों और दलालों को अवॉर्ड दे दीजिएगा, जहाँ आपका काम अटक रहा है। ये लिस्ट है।"

"थैंक्यू मीरा, तुम मेरी सच्ची भक्त हो। तुमने मुझे बड़ा रिलैक्स कर दिया है।"

मीरा, प्रभु और वीज़ा अधिकारियों के बीच गुप्त मुस्कान का आदान-प्रदान हुआ। सर्वश्रेष्ठ रिश्वतखोर का अवॉर्ड उन अधिकारियों, दलालों को मिला, जिनके पास कृष्ण के वीज़ा का काम अटका हुआ था। दूसरे दिन वे अधिकारी वीज़ा और मिठाई के डब्बे के साथ प्रभु के ग़रीब खाने 'हरे कृष्ण महल' में उपस्थित थे। गद्गद होकर प्रभु ने कहा–

"आइए महोदय आइए, चायपान के साथ कुछ सत्संग भी हो जाये, सुना है आप बहुत अच्छा गाते हैं..."

अधिकारी महोदय बड़े ख़ुश हुए, ऊँची आवाज़ में गाने लगे,

*रिश्वत धन की लूट है लूट सके तो लूट,*
*वरना तब पछतायेगा, जब नौकरिया जैहे छूट।*

प्रभु ने आँखें बन्द कीं, 'वाह अति सुन्दर'।

और अपने वीज़ा को निहारते हुए उस अधिकारी महोदय के पापों की लिस्ट में एक टिक और लगा दी।

# मन्त्री पद का जोड़ है, छूटेगा नहीं

मीरा धरती पर सभी क्षेत्रों की विसंगतियों के जाल में ऐसी अटक-भटक रही थीं कि कबीर, तुलसी, ताज बीबी, रसखान आदि से सत्संग किये हफ़्तों निकल जाते। आख़िर किसी तरह समय निकालकर जब पहुँचीं, कबीर भाई बोले, "मीरा बहन बड़े दिनों बाद आज हमारे बीच सत्संग करने आयी हो।"

"हाँ कबीर भाई, देख रही हूँ, धरती पर कितना दोगलापन, भ्रष्टाचार, झूठ और फ़रेब है। इतनी उलझनें हैं वहाँ कि समय ही नहीं निकल रहा था। राजनीति में इतनी मक्कारी है,कि परेशान हो जाती हूँ।"

"तुम राजनीति में गयी हो, दूर करो ये बुराइयाँ। अब तो नेताओं के साथ उठना-बैठना है तुम्हारा।"

"यही तो त्रासदी है भाई, राजनीति सीधे-सादे लोगों के लिए नहीं है, आप तो जानते हैं, राजपाट मुझे कभी रास नहीं आया और आजकल की राजनीति, शिव शिव शिव शिव!"

"ऐसा क्यों?"

"कबीर भाई पृथ्वी पर आजकल नेता नाम का जो जीव पाया जाता है उसके रावण से भी ज़्यादा मुँह हैं। हर मुँह से वो अलग बात बोलता है। हर मुँह से अलग चीज़ खाता है। मन्त्री बनकर सौ-सौ हाथों से प्रजा को लूटता है। वोट लेने के समय ख़ुद को रक्षक बताता है, जीतने के बाद भक्षक बन जाता है।"

"हाँ मीरा, वो इसलिए, मन न रँगाये, रँगाये जोगी कपड़ा। अच्छा तुम इनके कुछ चटपटे क़िस्से तो सुनाओ !"

"जाने दें भाई, आप शर्मिन्दा हो जायेंगे।"

"सुनाओगी नहीं तो विसंगतियों पर चोट कैसे करोगी, बहना?"

"यह भी सही है, तो सुनिए मैं पिछले हफ़्ते भजन गाने विदेश गयी, तो यू. पी.

के एक मन्त्री जी अपनी बहुत बड़ी पल्टन के साथ वहाँ धमाचौकड़ी कर रहे थे। खाये जा रहे थे, खाये जा रहे थे। मैंने पूछा कितना खायेंगे? बोले, फ्री का है, सरकार की ओर से विदेश यात्रा पर आये हैं, क्यों न खायेंगे? देखिए मैडम राजनीति में इतना खाना है, हम जैसे खाने और हाज़मे वाले लोग नहीं होंगे तो, सब बर्बाद जायेगा कि नहीं? बर्बादी बचाने के लिए, मजबूरी में हमें राजनीति में आना पड़ा है, अब अगर खायेंगे नहीं तो, राजनीति का भी तो अपमान होगा, कहेगी नहीं कि हमारे नाम पर बट्टा लगा दिया। उनकी सहृदयता पर मेरा दिल भर आया कबीर भाई ये लोग अपने प्रोफ़ेशन के सम्मान का कितना ध्यान रखते हैं!"

कहकर वे मुस्कुरायीं, कबीर ने भी मुस्कुराते हुए कहा,"सत्य वचन बहना, आगे क्या हुआ?"

मैंने फिर पूछा, "इस यात्रा पर तो आप लोग सिर्फ़ तीन व्यक्ति आ सकते थे। सी. एम. ने पल्टन को कैसे लाने दिया। होंठों को टेढ़ा करके वो हँसे और बोले, हम सी.एम. साहब का लूप होल जो जानते हैं।"

"मैं कुछ कह ही रही थी कि नैतिकता भी...बीच में मुझे रोककर विकृत मुखमुद्रा के साथ बोले, अब ऐसा है...आप अपने गिरधर के भजन गाते हुए खिसक लीजिए। हमें 'इन्जॉय' करने दीजिए।"

"कितना अपमान सहना पड़ा बहन तुम्हें!"

"कबीर भाई अब कोयले की खदान से हीरे निकालने हैं, तो हाथ काला होने में क्या डर? इन्हें कुछ नैतिकता तो सिखाई जाये।"

"मीरा, आत्मसम्मान और नैतिकता शब्द जानते हैं ये?"

"मुझे लगता नहीं कबीर भाई क्योंकि एक दिन की बात है, मुम्बई के नरीमन पॉइंट से गुज़र रही थी वहाँ ज़ोर-ज़ोर से आवाज़ें आ रही थीं। 'ज़ोर लगा के हैया, बाहर निकालो भैया।' देखा कुछ लोग एक व्यक्ति को खींच रहे हैं, पहले हाथ से, फिर रस्से से, फिर क्रेन ले

आये। खींचते-खींचते हाँफ रहे थे और बोल रहे थे 'ज़ोर लगा के हैया' पर मजाल है जो वो बन्दा टस-से-मस हुआ हो। मुझसे रहा नहीं गया, पूछा ये क्या हो रहा है। खींचने वालों में से एक पसीना पोंछते हुए बोला, मैडम जी पिछली सरकार के मन्त्री हैं, चुनाव हार गये हैं, बँगला ख़ाली नहीं कर रहे हैं। अंगद की तरह बंगले में पैर जमाये खड़े हैं।"

"तो मीरा तुम्हें दिल्ली की घटना बता देनी थी ना।"

"हाँ भाई मैंने कहा, दिल्ली के उदाहरण का अनुसरण करो।"

उन्होंने पूछा, "मतलब?" मैंने कहा, "वहाँ भी एक मन्त्री यूँ ही बँगले से चिपक गये थे और कह रहे थे, मन्त्री पद का जोड़ है छूटेगा नहीं। तब मजबूरन उनका सामान बाहर निकालकर फेंका गया, फिर तो बड़े बेआबरू होकर मन्त्री जी बँगले के कूचे से निकले।"

कबीर भाई को हँसी आ गयी पर वह तल्ख़ी से भरी हँसी थी, "शर्म, हया, कुछ बची है क्या, क्यों अपनी साख पर ये इस तरह बट्टा लगा रहे हैं?"

"कबीर भाई आजकल इन मन्त्रियों ने राजनीति को बड़ा बिज़नेस बना लिया है, लोग भी अपना काम निकालने के लिए इन तथाकथित मन्त्रियों के चरणों में लक्ष्मी पूजन करते हैं। इस नस्ल के जीव के लिए कुछ भी असम्भव नहीं, अरे पिछली सरकार के आला कमान की पुत्री ने हिल स्टेशन पर शानदार बँगला ख़रीद

लिया। अब उस राज्य का दर्जा विशेष राज्य का नहीं। पहले दूसरे राज्य से आये हुए बाशिन्दे वहाँ ज़मीन नहीं ख़रीद सकते थे, तब की बात थी।"

"मीरा सचमुच राजकुमारी जी ने बंगला ख़रीद लिया या..."

"कबीर भाई सच्चाई जो भी हो, साक्ष्य नहीं हैं मेरे पास। रानी माँ हैं तो विदेशी किन्तु साड़ी पहनकर विदेशी एक्सेंट में हिन्दी बोल कर पूरी भारतीय बन गयी हैं और बाक़ायदा सासू माँ भारतीय राजशाही परम्परा का पालन करती हैं। जितनी बार जँवाई का तिलक किया, जँवाई सा को ज़मीनें और फैक्ट्रियाँ दी। लेकिन अब ऊँट पहाड़ के नीचे आ गया। दूसरी सरकार आ गयी। सासू माँ द्वारा दिया गया सारा दहेज़ दामाद जी की नींद हराम किये हुए है। सोचती हूँ इतना धन संचय क्यों? छोड़ो बँगले, परिवार के साथ सुख से जीवन बिताओ। दो रोटी खाओ, प्रभु के गुण गाओ, पर कैसे होगा ये?"

"मीरा मुश्किल तो है यह काम। एक बार कुत्ते की पूँछ शायद सीधी हो जाये। साँप अपना ज़हर शायद छोड़ दे। सूरज शायद पश्चिम से निकल आये, पर इन नेताओं के लालच और दोहरे चरित्र से पार पाना बड़ा मुश्किल काम है।"

मीरा ने कबीर भाई की आवाज़ में आवाज़ मिलाई–

*माया मरी न मन मरे, मर-मर गये शरीर,*
*आशा तृष्णा न मरी, कह गये दास कबीर।*

ये यहाँ इस चिन्तन में व्यस्त थे, तभी देखा कि महामहिम के बँगले से पहले के एक जाने-माने नेता भुनभुनाते हुए निकले अब हमारा समय लद गया तो हम दूध की मक्खी से बन गये, मीरा और कबीर ने एक-दूसरे को देखा और व्यंग्यात्मक मुस्कान उनके होंठों पर मचल गयी।

# पुरुष बेचारे कहाँ जायें?

अख़बार उठाते ही मीराबाई का मन बच्चियों पर अत्याचारों के बारे में पढ़कर कसैला हो गया। दुखी होकर भजन गाने लगीं–

*मानुष से पशुआ बने*
*कैसे हो गए लोग।*

इस विषय पर चर्चा करने के लिए कबीर भाई को ढूँढ़ने लगीं, वे इन पुरुषों की दरिन्दगी के लिए कुछ क्यों नहीं करते? कुछ घंटों बाद आये तो देखा, कबीर भाई का चोग़ा धूल-धूसरित है, उस पर ख़ून के धब्बे हैं, उनके माथे पर चोट भी थी, मीराबाई ने तुरन्त फर्स्ट ऐड बॉक्स निकाला मरहम-पट्टी की।

"अरे ये क्या भाई? आपके तो शब्द ही बहुत होते हैं, हाथ उठाने की आवश्यकता क्यों पड़ गयी?"

"बहन मैं अभी पुरुषों की एक सभा से आ रहा हूँ।"

"वही तो, देखा ना कितने क्रूर होते हैं, मैं आपसे उनकी इसी हृदयहीनता पर बात करना चाहती थी, आपको ही मारने-कूटने लगे!"

"मीरा तुम ग़लत समझ रही हो, ये मार-पिटाई पुरुषों ने नहीं, बल्कि महिला ने की है। वे पुरुष तो दुखी होकर पूछ रहे थे, *"पुरुष बेचारे कहाँ जायें?"*

पुरुष शब्द ने ही दिमाग़ में उथल-पुथल मचा दी। मीरा भूल गयीं कि कबीर भाई मार खाकर आये हैं, "आप तो पहले यह समाचार पढ़िए, समझ पायेंगे, पुरुषों ने भारत की हालत क्या कर दी है? जहाँ कहा जाता था, 'यत्र नार्यस्तु पूज्यन्ते रमन्ते तत्र देवता' वहीं समाचार पत्र भरे पड़े हैं ऐसी ख़बरों से–

"अपहरण और सामूहिक दुष्कर्म के बाद नाबालिग लड़की को मुक्त कराया गया, किसी को मार डाला गया और भी बहुत कुछ। कबीर भाई इसके बाद भी, सम्पादक महोदय कहते हैं स्त्रियों को गाली देते हुए लेख लिखकर दूँ मैं। बताइए कैसे लिख सकती हूँ?"

"जानता हूँ बहन मीरा, ज़रा यहाँ भी नज़र डाल लो, इसके बाद ज़रूर लिख पाओगी।

'पत्नी ने प्रेमी के साथ मिलकर पति को मार दिया', 'माझी रावंत की सहेली ने डायरेक्टर को चांटा मारा', 'देर तक चला तमाशा'

माझी रावंत जैसी कुछ ड्रामा क्वीन मीडिया में छाये रहने के लिए कुछ न कुछ ऐसी हरकत कर देती हैं कि पूरी नारी जाति शर्मसार हो जाये। मीडिया की सुर्ख़ियों में बने रहने के लिए, कभी फीक्का पर इलज़ाम लगा देती है तो कभी किसी शर्मा को ये महारानी चाँटा भी मार देती हैं और आँसू भी बहाती हैं।"

"पर कबीर भाई यह सब नाटक किसलिए?"

"सुनने में आया है बहन, डायरेक्टर ने इन महोदया का डांस कट कर दिया तो बदला लेने के लिए राम बाण अस्त्र निकाला कास्टिंग काउच का। मीरा महिला ने मार-पिटाई की, तुम मान क्यों नहीं रहीं, तुम जानती हो न मैं आँखों देखी कहता हूँ।"

"जी क्षमा कबीर भाई,वास्तव में मैं बहुत ही उद्विग्न थी। हुआ क्या था वहाँ?"

"मीरा कोई माया नाम की महिला है, वो कुछ महिलाओं के साथ आकर मार-पिटाई करने लगी।"

"वही तो भाई जी, उन पुरुषों ने किसी से कोई ओछी हरकत की होगी।"

"नहीं बहन वहाँ सत्संग हो रहा था। कबीर प्रशंसकों का एक समूह है, वे जब गाने लगे, माया महा ठगिनी हम जानी, वो महिला आकर चिल्लाने लगी, हमें महा ठगिनी कहते हो, तुम समझते क्या हो अपने आपको!"

"कौन है वो...!"

"जहाँ हमारा सत्संग होता है उसी के निचली मंज़िल पर उसका कुछ एडजस्टमेंट का काम है, हम तो उसे जानते भी नहीं थे, वो आकर चिल्लाने लगी तुम लोगों के पेट क्यों दुखते हैं, मैं कुछ भी करूँ।"

"हमारे साथियों ने कहा, देखिये माताजी हम आपको जानते तक नहीं।"

इस पर भी मार-कुटाई करने लगी।

"अरे ओ...माताजी किसको बोला, माताजी होगी तेरी माँ।"

"जी मेरी माँ तो माताजी हैं ही।"

इस पर दूसरे पुरुष हँसे तो उसने और पिटाई कर दी।

"बहन जी ये क्या कर रही हैं आप?"

"बहन जी किसको बोला रे?" एक और ज़ोरदार तमाचा बोलने वाले को घुमाकर मारा।

"कबीर भाई कुछ तो कारण होगा ही...! ऐसा वो कर क्यों रही थी? अब भी मेरी बुद्धि मार-पिटाई के औचित्य को समझ नहीं पा रही!"

"मीरा...उसका नाम माया है, कहने लगी तुम लोग मुझे ठगिनी कह रहे थे। वे लोग हॉकी-वॉकी लेकर आयी थीं, पुरुष समूह विरोध करता तो ऐसे क़ानून बन गये हैं कि उलटे वे ही फँसते, फिर उन बेचारों का क्या होता? पुलिस वाले उन्हें धर लेते आसानी से उन्हें जमानत भी नहीं मिलती।"

"कबीर भाई अब तक इस दृष्टिकोण से तो मैंने सोचा ही नहीं था। अब समझ आ रहा है, ये सब जो हो रहा है, इसके कारण ही लोग आक्रोश से कहते हैं, ये लड़कियाँ और महिलाएँ गुंडागर्दी पर उतर आयी हैं।"

"तो झूठ कहाँ है, रोहतक की घटना ही देख लो।"

"पर वे तो स्ट्रीट रोमिओज़ को पीटती थीं।"

"बहन महिला संगठनों की कही ख़बरों पर मत चलो, आँखों देखी पर भरोसा करो।"

"वो दोनों बहनें प्रचार के लिए लड़कों को मार कर वाह-वाही लूटती थीं। रातों-रात प्रसिद्ध होने के लिए ये बहनें लड़कों को पीटती थीं, पंगे लेती थीं, फिर वीडियो बनाती थीं, और वायरल करती थीं।"

"कबीर भाई उनका मन ऐसा करने की गवाही देता कैसे है?"

"बस प्रसिद्ध होने के लिए। मेरा वह दोहा याद है ना–

*मन यह बहरूपिया धरत स्वाँग हजार।*

इसलिए मैं अभी जिस सभा से आ रहा हूँ, पुरुष कह रहे थे–

*डर लागे, हँसी आवे अजब जमाना आया रे।"*

पुरुषों का आक्रोश उबल रहा है। उन्होंने कहा, जब कहीं किसी निर्भया, दामिनी या किसी मासूम बच्ची पर बलात्कार होता है तो हम भी उसके ख़िलाफ़ आवाज़ उठाते हैं। अगर कोई पुरुष महिला पर हाथ उठाये तो महिलाएँ नारीवाद का परचम लेकर पूरी पुरुष जाति को हैवान का ख़िताब दे देती हैं। मीरा वे तो तुमसे भी नाराज़ हैं।"

"पर मुझसे क्यों नाराज़ हैं?"

"कह रहे थे, मीराबाई ने भी बिना सोचे-समझे महिला आयोग का साथ दिया था। और पुरुषों के ख़िलाफ़ आवाज़ उठाई थी। वहाँ सुवास सिंगनोड्या भी थे।"

"अरे वाह उनकी पत्रकारिता की मैं बड़ी कायल हूँ, अत्याचार के ख़िलाफ़ कितना लिखते हैं, मानना पड़ेगा उन्हें।"

"तुम यह मानोगी कि उन्हें उनकी पत्नी पीटती है!"

"नहीं-नहीं कबीर भाई यह सच नहीं हो सकता।"

"बस इसीलिए पुरुष संगठन वाले नाराज़ हैं तुमसे, वे कह रहे थे– "मीराबाई अगर नीर-क्षीर विवेक रखतीं, तो क्या माझी रावंत जैसी नौटंकीबाज़ महिला को पुरुष को जब-तब चाँटा जड़ देने के लिए और झूठे आरोप लगाने के लिए चुड़ैल नहीं कहतीं! हमें तो राक्षस कह दिया जाता है। यही तो त्रासदी है हम पुरुषों की। महिला प्रताड़ना का हल्ला तो बहुत मचता है पर पुरुष प्रताड़ना का क्या? आप सबको समझ नहीं आता कि माझी रावंत जैसी कुछ महिलाएँ कितनी बार ऐसी ऊट-पटाँग हरकतें करती रहती हैं।"

अब मीरा के चेहरे पर भाव बदले, "कबीर भाई ऐसा क्यों करती हैं ये?"

"मीरा बहन, ये चौड़े रास्तों की जगह पगडण्डी पकड़ती हैं। पहले ऐसी कुछ तथाकथित महत्त्वाकांक्षी महिलाएँ शरीर के घुमावदार रास्तों में प्रेमी के साथ घूमती रहती हैं, पर जब लगता है इतने दिनों से बस गोल-गोल रानी ही खेलती रह गयीं उनकी चाहत तो अधर में लटककर रह गयी तब उसी शरीर को छू लेने का इलज़ाम लगाकर जिसे मिट्ठू-मिट्ठू कहती थीं उसका मी टू, मी टू कर देती हैं। कितनी भोली हैं ये बेचारियाँ! इन्हें कितने सालों तक सत्य का भान नहीं होता इसलिए मीरा

कल ही तुम शिक्षा मन्त्री से मिलकर स्कूल, कॉलेज में सेक्स शिक्षा को कंपल्सरी करवाओ।"

"कबीर भाई सचमुच मैं निरुत्तर हो गयी हूँ। आत्मा अन्दर तक दुखी हो गयी। अब चिन्ता होने लगी है। यह तो वही बात हुई, पहले ख़ुद बाज़ार में भोग की वस्तु बनो फिर ख़ुद नारी अस्मिता का परचम उठाकर पूरी पुरुष जाति के मुँह पर थप्पड़ मार दो। गेहूँ के साथ घुन भी पिस जाता है, इनके कारण सब पर कीचड़ उछलता है।"

कबीर समझ गये लोहा गरम हो गया है, अब चोट करनी चाहिए। बोले, "इसलिए ही अब पुरुष संगठन इन क़ानूनों के विरुद्ध आवाज़ उठा रहे हैं मीरा।" मासूम मुखमुद्रा के साथ मीरा की प्रतिक्रिया जानने के लिए चुप हो गये।

"भाई कुछ सोचना ही पड़ेगा। ऐसी कुछ नमूनियों के कारण उन सब नियम क़ानूनों का क्या होगा जो उन हैवानों को सज़ा देने के लिए बन रहे हैं जो हमेशा अपनी वासना के जंगल में बौराये शेर की तरह कमनीय काया के शिकार की फिराक में घूमते रहते हैं। ख़ुद को कामदेव समझते हैं, कभी निर्भया, कभी दामिनी तो कभी किसी और मासूम का शिकार करते हैं। इस दरिन्दगी पर भी कुछ सिरफिरे लोग तो कहते हैं।"

मीराबाई के मौन पर कबीर पूछ बैठे, "क्या बहन?"

"कहते हैं कि लड़की रात के आठ बजे अपने ब्वॉय फ्रेंड के साथ क्यों घूम रही थी। अब अगर लड़की छोटे कपड़े पहने और विश्वामित्र का तप भंग करे तो दोषी कौन? मेनका या विश्वामित्र?"

सोच में डूबे कबीर बोले, "मीरा उनकी इस तुच्छ सोच पर भी आजकल कुछ लिख रहा हूँ, पर सिक्के के दूसरे पहलू पर भी बात होनी ही चाहिए। कुछ महिलाएँ बिना ग़लत भावना के स्पर्श कर लेने पर ही बलात्कार की सज़ा दिलाने पर आमादा हो जाती हैं। अरे गुड टच और बैड टच के फ़र्क़ को ही अन्तरिक्ष पर भेज देती हैं कुछ मैडमें! बेचारे पुरुषों पर और कितना होगा अत्याचार?"

"कबीर भाई पुरुषों पर कितना अत्यचार हो रहा है, नहीं जानती। पर उन सबसे इस बात का जवाब माँगती हूँ, कि वासना का भूखा एक भेड़िया मासूम परी सी तीन साल की बच्ची के पर कतरता है, तो ताउम्र वह बच्ची मेंटल ट्रॉमा का शिकार बन जाती है, उसका क्या?"

"बहन, महिला संगठनों के साथ पुरुष भी ऐसे घिनौने कृत्य के लिए विरोध के स्वर मुखर करते हैं और तब बनते हैं क़ानून महिला सुरक्षा के लिए। लेकिन, दिल में टीस उठती है यह देखकर कि कुछ शातिर महिलाएँ और लड़कियाँ इन क़ानूनों का ग़लत फ़ायदा उठाने लगीं।"

"कबीर भाई तब तो रति नातिवाल जैसी महिला संगठनों के अध्यक्षों से बात करनी होगी। महिला संगठनों को समझना होगा और ऐसी शातिरों को रास्ते पर लाना होगा कि अगर सस्ती लोकप्रियता के लिए ऐसे सस्ते और गन्दे हथकण्डे अपनाये तो तुम्हारा भी जुलूस निकाला जायेगा।"

रति नातिवाल नाम पर कबीर भाई के चेहरे पर व्यंग्यात्मक मुस्कान कौंधी।

मीरा भी प्रत्युत्तर में मुस्कायीं "कबीर भाई सब समझती हूँ, आपकी बहन जो हूँ! अब जा रही हूँ ऐसी महिलाओं को बेनकाब करने के लिए, वरना सच्ची नीयत से जो पत्थर महिला अधिकार के लिए उछालकर सूराख़ बनाने लगे थे इन हथकण्डों का गन्दा गारा उन्हें वापस बन्द कर देगा और शायद कोई राह नहीं बचेगी।"

"हाँ मीरा मुझे फिर न कहना पड़े गली तो चारों बन्द हुई।"

कहीं ऐसा ना हो जाये कबीर भाई नहीं तो ऐसा होगा–

*दो पाटन के बीच में साबुत बचा न कोय।*
*ऐसे मंज़र देख कर दिल अन्दर अन्दर रोए।*

प्रणाम कर मीरा विदा हुईं। कबीर भाई सोच रहे थे क्या मीरा सही व्यक्ति के पास जा रही है?

मीरा महिला संगठन की अध्यक्ष से मिलने ही जा रही थी कि समाचार आने लगा, किसी महिला ने फिर किसी पर आरोप लगाये हैं।

कबीर भाई ने तहक़ीक़ात की, सही मामला समझ में आया।

पुरुष संगठन में पहुँचे वहाँ दो पुरुष रो रहे थे, दिल्ली के द्वारका इलाक़े में एक महिला ने आठ साल में अलग-अलग रेप, छेड़छाड़ आदि के मामले अलग-अलग पुरुषों के ख़िलाफ़ दायर किये हैं, उसके बीस-बाईस साल का बेटा भी है, और जिनके ख़िलाफ़ मामले हैं उनमें कई की उम्र बहुत कम ही है, सुनने में आया है, उनमें से एक ने आत्महत्या कर ली है, कोई मानसिक रूप से विचलित हो गया है, वे दोनों इन रोने वालों के परिचित थे।

पूरी बात की सच्चाई जाने बिना महिला संगठन धरने पर बैठ गया है, उधर दुखी पुरुष संगठन भी बेलन, चकला लेकर धरने पर बैठने की योजना बना रहे हैं।

# घर आया मेरा परदेसी

प्रभु मीरा से लेटेस्ट अपडेट लेने जब पहुँचे तो देखा, वे अख़बारों से घिरी बैठी हैं।

"मीरे, मीरे !"

उनका ध्यान प्रभु की ओर नहीं गया।

"मीरा इतनी तन्मयता से क्या देख रही हो?"

चौंकते हुए मीरा बोलीं, "आप कब आये प्रभु? मैं ये विज्ञापन देख रही थी। हरेक समाचार पत्र में बड़े-बड़े विज्ञापन हैं।"

"मीरा इसमें इतना खोने जैसी क्या बात है, बिना विज्ञापन पत्र निकल ही नहीं सकते, तुमने ही तो बताया था।"

"प्रभु इस तरह का विज्ञापन पहली बार देख रही हूँ, कुछ अटपटा-सा है।"

"फिर तो मुझे भी सुनाओ मीरा।"

नाटकीय अन्दाज़ में मीरा सुनाने लगीं–

"बेटा घर लौट आओ, अब तुम्हारी माँ नहीं नहाने पर तुम्हें कुछ नहीं कहेगी। रात को घर देर से आने पर मैं भी कुछ नहीं कहूँगा। तुम्हें जितनी भी *आवारागर्दी* करनी हो कर लेना तुम्हें पूरी छूट होगी। अपने घर में रह कर अब इस कुल का, जाति का और अपने धर्म का जितना नाम बदनाम करना हो कर लेना, कुलकलंकी कहलाओ, हमें स्वीकार है, किन्तु हमारे विरोधी के कुल की शान बनो, परधर्मी बन जाओ, कैसे स्वीकारें? भला कोई ऐसे भी घर छोड़ कर जाता है? राजा मुन्ना घर वापस आ जाओ।"

"मीरा यह विज्ञापन कहाँ है यह तो चिट्ठी है। किसी का बेटा ग़ुम गया है, लगता है।"

"नहीं प्रभु आगे भी है सुनिए, अब तुम्हारी बहनें भी कह रही हैं, भैया को घर वापस बुलाओ। वो सकीना के भाईजान बन गये हैं, हमारा इकलौता भाई किसी का

भाईजान बन गया, हमारी राखियाँ किसकी कलाई पर बँधेंगी। हम उनसे कुछ नहीं माँगेंगे। कहाँ हो भाई? वापस घर आओ। दादी कह रही हैं, शुद्ध शाकाहारी रसोई में तुम्हें जो खाना है वह मांसाहार भी बनेगा। आ जाओ बिटवा। वो अपने बिटवे से रो-रोकर कह रही हैं मेरे पोते को लौटा लाओ।"

मीरा पानी पीने रुकीं, प्रभु को कुछ कहने से रोककर बोलीं, "प्रभु कथा आगे भी है–

तुम्हारे दादाजी कह रहे हैं हम अपने पोते को अभी से जायदाद में हिस्सा दे देंगे, उससे कहो एक बार फिर समीर खान से समर सिंह बन जाये। तुम्हारा जो दोस्त राम यादव से रहीम शेख़ बन गया और पड़ोसी रहिमन चाचा का बेटा एंड्रयू लाल बन गया है, उनके साथ ही घूमते हो न। तुम्हारे दोस्त कन्हैया और शिव तुम्हारी कमी को महसूस करते हैं। क्या तुम्हें उनकी याद नहीं आती? कल तुम्हारी बेटी सनम और अनम बुरका पहने हुए मिली थीं, उन नन्ही बच्चियों को बुर्के में देखकर दिल में टीस उठी। बेटा तुम्हारी माँ ने उन दोनों के लिए ख़ूब घेरदार फ्रॉकें सिल कर रखी हैं, जिन्हें देख-देखकर वो रोती हैं। घर वापस आओ उन्हें सुनीता और अनीता बनाओ और दादी की बनायी हुई फ्रॉकें पहनाओ।"

"मीरा मैं भी कई बार सोचता हूँ, कैसे वे बेटियाँ इतने बन्धनों और परदों में साँस ले पाती होंगी?"

"प्रभु मैं भी तो सारे बन्धन तोड़ अपने मन की सुनती थी, वे ऐसा क्यों नहीं कर पातीं?"

"ख़ैर आगे सुनाओ।"

"प्रभु आगे लिखा है, तुम अपनी जड़ों से कट गये हो। अपनी पहचान को भूल गये हो। ख़ुद को पहचानो भाई-बन्धु और दोस्तों की भी ख़ुद से ख़ुद की पहचान करवाओ, उन्हें उनके घर वापस लाओ। नहीं तो जब दंगे होंगे हम ही एक-दूसरे की जान के दुश्मन होंगे। क्योंकि तब हमारे बीच का प्यार नहीं धर्म आपस में बात करेगा।"

"मीरा यह कैसा विज्ञापन है, यह तो रिश्तेदारों के आँसुओं की पाती है?"

"प्रभु इसे कहते हैं धर्मान्तरण हेतु इमोशनल ब्लैकमेलिंग। आजकल यहाँ बड़ी अफरातफरी मची हुई है। पिछले दिनों का एक क़िस्सा बताती हूँ, भीखम चन्द जो चर्मकार था, कोई उसके साथ बैठकर भोजन नहीं करता था, बड़ी जाति वाले उसे हीन दृष्टि से देखते थे। गांधी जी ने उन्हें हरिजन कहकर सम्मान दिया था किन्तु यह तथाकथित बड़ी जाति के लोग उन्हें हरि कथा में साथ नहीं बैठाते। दुखी होकर वह ईसाई बन गया।"

"मीरा लेकिन कबीर तो कह रहे थे जब से रैदास ने पेडर रोड पर बड़ा बँगला लिया है, ऑडी, लैम्बोर्गिनी में चलते हैं और जाने-माने उद्योगपतियों के हर भोज में हर धार्मिक अनुष्ठान में शामिल होते हैं। साधु सन्तों, पादरी, मौलाना और बड़े बड़े टीकाधारियों के साथ समभाव से भोजन ग्रहण करते हैं। प्रभु, दरअसल उसके पीछे की सच्चाई यह है कि यदि लक्ष्मी जी की कृपा दृष्टि दलितों पर पड़ गयी या सरस्वती की कृपा से किसी बड़े पद पर वे आसीन हो गये तो बड़े से बड़े कुल का ब्राह्मण, बनिया भी उनसे बेटी, रोटी, पानी का सम्बन्ध स्थापित कर लेगा। अन्यथा..."

"तो बात यह है कुछ लोगों ने सदिच्छा से धर्म परिवर्तन किया, कुछ लोगों का धन या धमकी पर करवाया गया और तब उन्होंने स्वयं को उस धर्म का हिस्सा मानते हुए ख़ुद को उसमें ढाल भी लिया। अच्छी बात है ना, जहाँ भी रहे ख़ुश रहे!"

"पर प्रभु कुछ लोग कह रहे हैं इधर इस्लाम के नाम पर कुछ कट्टरवादी जिस तरह आतंकवाद फैलाने लगे, उन्हें मुसलमान कहलाने में शर्म आने लगी। और इसलिए जैसे ही उन्हें घर वापसी का ऑप्शन मिला वे यज्ञ-हवन के वाहन पर बैठ कर वापस घर आने लगे।"

"किन्तु मीरा मैं ऐसे मुसलमानों को भी जानता हूँ जिनके साथ रहकर इन्सानियत का पाठ पढ़ा जा सकता है, जिनके लिए मानव धर्म ही सर्वोपरि है। क्यों सब एक ही तरह से नहीं सोचते।"

"प्रभु, यही तो दुख है। हिन्दू चरमपन्थी घर वापसी के लिए यज्ञ-हवन कर रहे हैं तो कुछ मौलाना फरमान कर रहे हैं, 'हिन्दुओं को मुसलमान बनाओ, इस्लाम को फैलाओ। यीशु के अनुयायी चाहते हैं कि विश्व में ज़्यादा से ज़्यादा ईसाई हों। प्रभु कुछ लोग बेचारे बड़े परेशान हैं, एक हफ़्ते हिन्दु, दूसरे हफ़्ते मुसलमान, तीसरे हफ़्ते, क्रिश्चियन, चौथे हफ़्ते बौद्ध बन रहे हैं। फिर उनका ब्रेन वाश कर दिया जाता है। फिर से धर्म परिवर्तन करते हैं। अब उनके बच्चों की शादी-ब्याह की मुश्किलें पैदा हो रही हैं। हिन्दू चरमपन्थी यह गाना गा रहे हैं, 'घर आया मेरा परदेसी प्यास बुझी इन अँखियन की' मौलाना कह रहे हैं, 'आ अब लौट चलें।' पादरी गा रहे हैं, वी आर द बेस्ट।" आम-आदमी है, हैरान-परेशान क्योंकि अब धर्म को दंगे करवाने, अलगाव करवाने और मारकाट करवाने के काम में लिया जा रहा है। कबीर भाई की सीख को लोग भूल गये हैं :

*मोको कहाँ ढूँढ़े रे बन्दे मैं तो तेरे पास रे,*
*ना मैं देवल, न मैं मस्जिद, न काबे कैलाश में।...*

खोजी होय तो तुरतै मिलहों पल भर की तलास में।

इधर मीरा गा रही थीं, उधर अचानक मारकाट, चीख़-पुकार मच गयी थी, स्त्री स्वर की चीत्कारें ज़्यादा सुनाई दे रही थीं। मीरा और प्रभु उस दिशा की ओर दौड़ पड़े।

# हम तो आपको कुर्सी पर बैठाना चाहते हैं

बहुत दिनों तक मीराबाई का कोई सन्देश नहीं आया तो प्रभु स्वयं देखने पहुँचे, आजकल चल क्या रहा है? वे अदृश्य रहकर नज़ारा देखने लगे। उन्होंने देखा, मीरा एक तारा लेकर, राजमहल से दिखने वाले एक भवन के पास, पेड़ की छाँह में बैठी गा रही थीं, उनके चारों ओर प्रकाश वलय-सा बन रहा था।

*म्हारे तो गिरधर गोपाल दूसरो न कोई,*
*भाई छोड्या, बंधू छोड्या, छोड्या सगा सोई।*
*साधो संग बैठी बैठी लोक लाज खोई।*

अचानक कई टोपीधारियों ने उन्हें घेर लिया। उन्हें सब एक साथ कुछ कहने लगे। उनमें आपस में धक्का-मुक्की होने लगी। वे घबराकर पूछ रही थीं–

"आप सब कौन हैं क्या चाहते हैं?"

पर शोर-शराबे में उनकी आवाज़ कोई नहीं सुन रहा था। कोई घड़ी दिखा रहा था तो कोई साइकिल पर सवार होकर, उनकी ओर दौड़ा आ रहा था। एक मैडम तो हाथी पर आकर उनके सामने खड़ी हो गयी। कुछ लोगो आशीर्वाद की मुद्रा में उनका अभिवादन कर रहे थे, तो कुछ बलात् उन्हें कमल पर बैठाने लगे। कोई हँसिये से डरा रहा था तो कोई तीर कमान से। इंजन की आवाज़ से तो उनका सर ही चकराने लगा था। कोई शेर की पोशाक पहने सबको धक्का दे रहा था। इस हल्ले-गुल्ले और धक्कामुक्की से उनका सिर चकराने लगा। सब अपनी-अपनी ओर खींचने की कोशिश कर रहे थे। वो तो प्रभु की ताक़त थी उनके पीछे जब ज़हर का प्याला कुछ नहीं बिगाड़ सका तो ये सहारा ढूँढ़ते राजनैतिक चिह्न क्या कर पाते? परेशान होकर गुस्से से कहा–

"आप सब ये बत्तमीज़ी और क्रूरता क्यों कर रहे हैं मेरे साथ? चाहते क्या हैं?"

फिर सब एक साथ चिल्लाने लगे। कुछ समझ नहीं आ रहा था मीराबाई ने कहा, "मेरे साथ ऐसी क्रूरता क्यों कर रहे हैं? हटिए सब, जाने दीजिए यहाँ से।"

मीराबाई को ग़ुस्सा होते देख, उन सबने खरबूजों की तरह रंग बदल लिया। अब तक वे इस मुहावरे का अर्थ भली भाँति समझ चुकी थीं। पर शायद खरबूजे भी इतनी तेज़ी से रंग नहीं बदल पाते होंगे। हाथ जोड़कर तुरन्त बोले, "अहो भाग्य आपके दर्शन हुए। आप मीराबाई हैं ना। क्यों गली-गली भटक रही हैं। अरे हम तो आपको कुर्सी पर बैठाना चाहते हैं!" मीराबाई ने मासूमियत से पूछा।

"कुर्सी! वो क्या होती है?"

एक चकित होकर बोला, "अरे आप राजघराने की होकर भी कुर्सी की महिमा नहीं जानतीं।"

दूसरा बोला, "जलोटा जी का भजन नहीं सुना, महलों में पली, बनके जोगन चली। ये जोगन हैं ये क्या जानें, कुर्सी की महिमा!"

तीसरे ने कहा, "मीराबाई, इस कुर्सी के कारण ही संसद में सारे भूकम्प आते हैं।"

"भाइयो संसद क्या होती है?"

"आप सामने जो विधान भवन देख रही हैं, ऐसा एक भवन है देश की राजधानी में, उसे संसद कहते हैं। यहाँ विराजने वालों को परमानन्द प्राप्त होता है, उन्हें सांसद कहते हैं।"

"पर मेरी जान तो इसके सामने खड़े होकर ही साँसत में पड़ गयी। ये सांसद वहाँ क्या करते हैं?"

"मैडम, ये वहाँ कुर्सी पर बैठते हैं।"

"क्यों कुर्सी पर ही क्यों बैठते हैं?"

"क्योंकि कुर्सी में ही तो उनकी जान बसती है।"

मीरा ने चकित होकर पूछा–"यह तो सुना था कि तोते में राक्षस की जान बसती है पर निर्जीव वस्तुओं में..."

उनकी बात पूरी होने के पहले उत्साहित होकर एक बोला, "मीराबाई आप कुर्सी को निर्जीव न कहें, उसके कारण ही संसद में महाभारत होती है, रुचिकर माहौल बना रहता है।"

मीरा उदास होकर बोलीं, "भाई साब आपने कहा कि कुर्सी में इनकी जान बसती है, तो, कुर्सी टूटने पर ये बेचारे मर जाते हैं?"

"ना-ना मैडम, कुर्सी का एक पाया तोड़ो, दो पाया तोड़ो, उसका पुर्ज़ा-पुर्ज़ा तोड़ दो, तब भी हम नेताओ को कुछ नहीं होता।"

इस बात पर मीरा कबीर भाई की उलटबाँसी बोल पड़ीं, "एक अचम्भा देखा रे भाई!"

"अचम्भा वचम्भा कुछ नईं मीरा बेन!"

"तो फिर...कैसे सम्भव होता है?"

"क्योंकि हम जैसे लोग उससे दीमक की तरह चिपके रहते हैं।"

"तो आप लोग रूप परिवर्तन भी करना जानते हैं!"

"हाँ मीरा बेन, हम लोग समय-समय पे ने, चेहरे बदलने की कला पण जानते। अबी आपको समझ पड़ी गया ने?" कुर्सी बोले तो राजसिंहासन।

"भाई तमे गुजराती?"

"हाँ, मीरा बेन, हम तो आपको कुर्सी, बोले तो राज सिंहासन पे बैठाने चाहते। बेसी (बैठ) जाओ ने।"

"किन्तु भाई, मैं तो यहाँ-वहाँ भटकती रहती हूँ, वन में, मरुस्थल में, नदी किनारे, यहाँ मुम्बई में सागर किनारे, थकान लगे तो रेत पर बैठ जाती हूँ। मेरी जान तो मेरे प्रभु में बसती है।"

उनमें से एक हिंगलिश में बोला, "इसीलिए...इसीलिए मीराबाई हम आपको एप्रोच कर रहे हैं। आप हमारी पार्टी के लिए परफेक्ट कैंडिडेट हैं। आप हमें चुनाव जितवा कर प्रभु की डगर चल देंगी, पद की लालसा है नहीं आपको। आप प्रभु में ही लीन हो जायेंगी। पर यदि आपको लीन होने में परेशानी हुई तो हम आपको प्रभु में लीन करने में कोई कसर नहीं छोड़ेंगे।"

मीराबाई के चेहरे के बदलते भाव देख एक बोला, "अरे नहीं नहीं हम आपको, आपका हिस्सा देंगे चिन्ता न करें।"

"भाइयो मुझे कुछ नहीं चाहिए।"

इस पर बुद्ध का चक्र लेकर राम भाई आगे आये, बोले, "काय बोलती बाई, लेने का। क्यों नईं लेने का, तुमि आमची पार्टी वर (हमारी पार्टी में) आओ। मैं सत्ता में रहने वाली पार्टी के साथ चलने में माहिर है, बोलो तुमि माझा बरोबर (मेरे साथ) हाथ मिलाती क्याSS फिफ्टी-फिफ्टी कर लेंगे।"

"नहीं भाई आप पूरा सौ प्रतिशत लो, मैं चली अपनी डगर।" वे गाते हुए आगे बढ़ने लगीं–

*"पायो जी मैंने रामरतन धन पायो"।*

उनमें खुसुर-पुसुर चालू हो गयी।

"लगता है, इनको कोई ख़ज़ाना मिला है, इसलिए ये छोटे-मोटे लालच में नहीं आ रही हैं, किसी धन के मिलने की बात कह रही हैं अपनी पार्टी को बड़ा चन्दा दे देंगी।"

उन लोगों ने फिर मीरा का रास्ता रोक लिया

"भाइयो, क्या चाहते हैं आप?"

"बस हम आपको इलेक्शन, बोले तो चुनाव लड़ाना चाहते हैं।"

"लेकिन क्यों भाई?"

उनमें से पत्रकार टाइप का एक बन्दा सामने आया। जिसका रिश्ता इन नेताओं से सुगन्ध और सुमन सा था, चन्दा और चाँदनी सा था, ऑक्सीजन और साँस सा था।

सबकी ओर से उसने कहा, "देखिये मैडम, आप राजनीति के लिए परफेक्ट कैंडिडेट हैं। हाई क्लास से हैं न, तो हाई क्लास के वोट मिलेंगे, महिला हैं तो रिज़र्व सीट का फ़ायदा मिलेगा। आपकी सादगी और सुन्दरता से उसका वज़न बढ़ेगा। गाती हैं तो आर्टिस्ट कम्युनिटी के वोट, कवयित्री हैं, तो साहित्यकारों के वोट।"

किसी ने धीरे-से कहा, "वे तो ख़ुद एक-दूसरे के वोट काटते हैं।"

ग़ुस्से से उसे देखते हुए उसने आगे कहा, "साध्वी हैं, तो साधु सन्तों के वोट, दलितों के बीच घूमती हैं, रामदास आपके गुरु हैं, तो दलितों के वोट, पीर-फ़क़ीरों से दोस्ती है, तो मुस्लिमों के वोट, और वामपन्थी वोट। कृष्ण की भक्त हैं तो यादवों के वोट, मारवाड़ी हैं तो नोट ही नोट। गुजराती में गाती हैं, इसके तीन फ़ायदे हैं, मिलेंगे गुजराती वोट, दूसरा बोला, कटेंगे नमो नमन महाराज के वोट, तीसरा बोला, हमारे साथ आइए, सत्ता से हाथ मिलाइए, पद्म पर विराजित भगवान के वोट बढ़ाइए, गुजराती वोट बढ़ाइए, तो सत्ता का सुख पाइए।"

गुजराती भाई फिर आगे आया, "मीरा बेन हमारे वर्तमान राजा जी है ने (है ना)... सोशल मीडिया को एक्स्प्लोर करना बरोबर जानते। आपको बी, फ़ेसबुक, ट्विटर, ब्लॉग, लिंकडिन सबपे ने (ना)। फेमस कर देंगे और यंगस्टर्स का 'आइकोन' बना देंगे।"

दूसरा बोला, "अबव ऑल, अगर आप कमल के आसन पर विराजित हो गयीं, तो अमेरिकी राष्ट्रपति भी आपके भजन गाते घूमेंगे...पग घुँघरू बाँध मैं तो नाचा रे"

एक ने सहानुभूति जताते हुए कहा, "कृष्ण भक्ति के कारण आप पर लोगों ने बहुत अत्याचार किये। पावर में आते ही सब पर इनक्वायरी बैठा देना।"

"भाइयो मेरा सिर चकरा रहा है, जाने दें मुझे।"

एक बिचौलिया छाप प्राणी सामने आया।

"मैडम ला तंग करायेचा नाय (मैडम को तंग नईं करने का) उनको सोचने का वक़्त तो दें।"

सबने उसकी बात मान भी ली। चलते-चलते कार्ड देते हुए उसने कहा, "मैडम मेरा कार्ड रखो।"

मीरा एकान्त में पहुँचकर प्रभु को याद करने लगीं। प्रभु मुस्कुराते हुए अवतरित हो गये।

"प्रभु आप मुस्कुरा रहे हैं। मेरी तो हालत ख़राब हो गयी।"

"मैं सब देख रहा था। घबराने की क्या बात है मीरे?"

"तो आपने देखा सुना ना! ना जाने बामा, ट्रम्प, नमो-नमन महाराज क्या-क्या नाम ले रहे थे मुझे प्रभावित करने के लिए।"

"मीरा ये राजनीति में बड़े-बड़े नाम हैं।"

"प्रभु मुझे क्या लेना-देना बड़े नामों से और राजनीति से?"

मुस्कान और गहरी कर प्रभु बोले, "मीरा करो राजनीति, लड़ो चुनाव।"

"प्रभु मेरा राजनीति में क्या काम?"

"मीरा तुम मेरी परेशानियों को कम करना चाहती हो, तो राजनीति में पदार्पण करना ही पड़ेगा। देखो...क्यों आवश्यक है तुम्हारा राजनीति में पदार्पण।"

प्रभु ने मीरा के समक्ष कुछ दृश्य उपस्थित किये। किसान की फ़सल बरबाद हो गयी थी। क़र्ज़ ना चुका सकने के कारण उसने आत्महत्या कर ली। दूसरा दृश्य-माँ ने काम करके बेटे को पढ़ाया था। सोचा था, पढ़-लिखकर बड़ा आदमी बनेगा, बेचारा अपने हमउम्रों के साथ खेलता भी नहीं था, बचपन से सुना था, पढ़ोगे-लिखोगे, बनोगे नवाब, खेलोगे-कूदोगे होगे ख़राब। उसका दोस्त गली में क्रिकेट खेलता रहता था, जिसके माँ-बाप परेशान थे, वो क्रिकेट का स्टार बनकर पैसे कमा रहा था, और वह पढ़ा-लिखा, युवक डिप्रेशन का शिकार हो गया, पढ़-लिखकर नौकरी मिल ही नहीं रही थी, आख़िर उसने आत्महत्या कर ली। बच्चों को नशे की आदत डाली जा रही थी। इन मौत के सौदागरों को नेताओं और पुलिस की शह मिल रही थी। अब भी दहेज़ के लिए प्रताड़ना, एक नन्ही-सी बच्ची को आदमी रूपी भेड़िए...! ऐसे न जाने कितने मंज़र।

"उफ़!" मीरा की चीख़ निकल गयी, आँखों से अश्रु धारा बह निकली। वे हाथ जोड़कर प्रभु के सामने बैठ गईं

प्रभु ने मीरा के सर पर हाथ रखा, "उठो मीरा आँसू पोंछो, तुम्हें बहुतों के आँसू पोंछने हैं।"

"पर प्रभु कैसे, मैं तो कुछ नहीं जानती, मुझे तो राजनीति का ककहरा भी नहीं पता।"

"ज़रा होशियारी से उनकी बात मानती जाओ। ये लो मोबाइल, तुम्हें जिसने कार्ड दिया है, उसे फ़ोन लगाओ। कूद पड़ो मैदान में लड़ना आ ही जायेगा। सम्भवामि युगे युगे"।

"जी समझी। प्रभु आपका काम मुझे ही करना है।"

प्रभु की आज्ञा शिरोधार्य कर, मीरा ने उन टोपीधारियों की बातों में रुचि लेनी शुरू कर दी। राजनीति की व्यावहारिक पढ़ाई आरम्भ कर दी। मन में धार लिया है, 'जिन खोजा तिन पाया, गहरे पानी पैठ।' एक दिन उन्होंने एक मीटिंग रखी। भोली बनकर उनके सच उगलवाये।

"भाइयो, आपकी पार्टी में तो वैसे ही कुर्सी की मारा-मारी है। आप लोग मुझे क्यों टिकिट देना चाहते हैं?"

"क्योंकि आपका कोई भाई-बन्धु, सगा-सोई नहीं है, वर्ना सब पार्टी अपने भाई भतीजे, बहू-बेटियों को ही टिकट दे रही हैं। आपके आने से यह ट्रेंड टूटेगा। आपके आने से 'नैपोटिज़्म' टूटेगा। इसलिए आप हमें ' फैसिनेट' कर रही हैं।"

दूसरा शायद राजनीति में नया आया था। बोल गया, "आप हमारे लिए वोट उगाहेंगी, हमें जितायेंगी फिर एकतारा लेकर अपने गिरधर की डगर पर चल पड़ेंगी, अगर नहीं गयीं, तो हम भेज देंगे। वर्ना यहाँ तो हममें से हरेक सिंहासन पर फेविकोल से चिपक जाते हैं।"

दूसरे ने चिकोटी काटकर उसे चुप किया। मीराबाई ने ऐसा प्रदर्शित किया, जैसे कुछ समझ ही नहीं आया। उन्होंने नया स्वर उवाचने वाले की ओर गर्दन घुमाई।

"मैडम, क्या है ना कि बड़े-बड़े गठबन्धन टूट गये हैं, सालों से लिव इन रिलेशनशिप में रह रही पार्टियाँ भी दूसरों से पल में रिश्ते तोड़ लेती हैं, ये कहते हुए तू नहीं और सही। फिर एक-दूसरे के चिट्ठे खोलती हैं। आप 'रिदमिक वे' में गाकर ये चिट्ठे खोलेंगी, तो जनता ज्यादा 'इंप्रेस' होगी।"

मीराबाई ने सर हिलाया, तो एक उत्साहित होकर बोला–

"मैडम जी भरी गर्मी में गली-गली में हरि गुन गाकर हलकान होती हैं। राजमहल सा एक मन्दिर बनवा लेंगे, 'एसी' में बैठकर आप आराम से सुमिरन करना, चढ़ावा भी आयेगा। हम सब सँभाल लेंगे।"

मीटिंग के बाद मीरा ने प्रभु को याद किया, प्रभु प्रकट हुए।

"प्रभु मैं बहुत कन्फ्यूज हो गयी हूँ, कौन-सी पार्टी ज्वाइन करूँ?"

"मीरा हारने वाले घोड़े पर दाँव मत लगाना।"

"प्रभु सोचती हूँ ख़ुद की पार्टी बनाकर चुनाव लड़ूँ। आपने अर्जुन को पूरा महाभारत का युद्ध जिता दिया तो क्या मुझे भारत का अदना-सा चुनाव नहीं जिता पायेंगे आप?"

"मीरा आर्यावर्त के चुनाव को अदना-सा समझने की भूल न करना, ऊपर से मेरा पावर पहले जैसा कहाँ रहा। मुझे पासे की तरह इस्तेमाल किया जाता है। कई लोग महाभारत के लिए मुझे दोषी ठहराते हैं।" कहकर प्रभु उदासी के मोड में चले गये।

"आप उदास मत हों प्रभु। एक बहुत अच्छा आइडिया आया है। अपनी पार्टी बनाकर मैं चुनाव लड़ूँगी और मेरी पार्टी का नाम होगा 'भाराब, काक तू शी।'

प्रभु गश खाकर गिरने लगे। मीरा ने उन्हें एनर्जी ड्रिंक पिलाया।

"विचित्र नाम है, मीरा तुम्हारी पार्टी का ऐसा ऊटपटाँग सा नाम?"

मीरा ने राजनीतिक पार्टियों के नामों पर यूनिवर्सिटीज़ के कुछ रिसर्च पेपर दिखाये।

"पर ऐसा अटपटा-सा नाम रखना क्यों मीरे?"

"यह अवसरवादिता है प्रभु। अगर बहुमत मिल गया तो डंके की चोट पर बाक़ी पार्टियों को बताऊँगी कि लोकतन्त्र में तुमने लोक को ही भुला दिया है, सिर्फ़ तन्त्र को याद रखा। जनता को केवल वोट बैंक समझकर हाशिये पर डाल दिया है। लेकिन ख़ुदा न खास्ता, अगर बहुमत नहीं मिला तो 'भा' भारतीय बीजेपी से जोड़ेगा, 'रा' राष्ट्रीय एनसीपी से, ब बहुजन बहनजी (मायावती) से, का कांग्रेस से, क कम्यूनिस्ट से, तू तृणमूल से, शी शिवसेना से। एंड यू नो प्रभु सो ऑन...।"

राजनीति के गुरु माने जाने वाले कृष्ण भी इस वर्तमान राजनीति के आगे कम्फ्यूज होकर चले गये। कुछ दिनों बाद मीरा ने अपडेट किया–

"प्रभु अपडेट ये है मेरी पार्टी को अच्छा रेस्पॉन्स मिलने लगा है, बहुत-सी पार्टी के नेता अपनी डूबती लुटिया को उठा कर मेरी पार्टी में शामिल हो गये हैं।"

"मीरा तुम्हें, इन्हें मनाना पड़ा होगा?"

"नहीं-नहीं प्रभु, मेरे सचिव के एक फ़ोन पर बोरिया-बिस्तर समेत आ गये। इन्हें ज़रा भी देर नहीं लगी क्योंकि कपड़े बदलने की तरह ये दल बदलने में माहिर हैं। जहाँ उगता सूरज देखते हैं, सूर्य-नमस्कार करने लगते हैं। डूबते जहाज़ से सबसे पहले चूहे भागते हैं, ये बात इन पर एकदम फिट बैठती है।"

"वाह मीरा तुम तो बहुत जल्द वहाँ की राजनीति समझ गयीं, यदि पहले समझतीं तो विष का प्याला तो ना पीना पड़ता पर हाँ चुनाव में पैसे भी तो बहुत लगते हैं! मीरा मैं गोवा के चर्च में क्राइस्ट को, जामा मस्जिद में अल्लारु को, गोल्डन टेम्पल में गुरु नानक को तिब्बत में बुद्ध से कह दूँगा, वे सब अपने ट्रस्ट से तुम्हें रूपये ट्रांसफर कर देंगे। वे भी चाहते हैं कि लोगों की तकलीफ़ समझने वाला कोई ईमानदार राजनीति में आये, जो धर्म को राजनीति से घालमेल न करे।"

"प्रभु बहुत आभार! प्रयास कर लें पर इनके नाम पर जमा होने वाली राशि माँगने पर मिलेगी क्या? वहाँ तो मठाधीश कुण्डली मारकर बैठे होंगे ना, अत: कुछ संशय सा है। वैसे चिन्ता की कोई बात नहीं, फाइनेंस का इन्तज़ाम चुटकियों में हो रहा है। आपके लेटर हेड पर सारे उद्योगपतियों, मीडिया और सब क्षेत्रों के ठेकेदारों को लेटर्स भिजवा दिये हैं।"

"पर मीरा तुम्हें लगता है वे लोग पैसे देंगे! पिछले हफ़्ते ही एक बस्ती में आग लग गयी, पैसे वालों ने उन ग़रीबों की मदद से साफ़ मना कर दिया।"

"प्रभु ग़रीबों के नाम पर ये चुप हो जाते हैं, कहते हैं, कितने करोड़ लोगों के

चेहरों पर ग़रीबी रेखा चिपकी है। कितना धरम करें। लेकिन आपके नाम पर बड़ी-बड़ी धनराशि आनी भी चालू हो गयी है। वर्ल्ड-वाइड पब्लिसिटी के लिए अमेरिका की बड़ी पी.आर. कम्पनी हायर कर ली है। नमो-नमन महाराज से गुरु मन्त्र सीख लिया है" कौन कहता है आसमान में सूराख़ नहीं हो सकता, एक पत्थर तो तबियत से उछालो यारों।"

प्रभु बोले, "वाह बड़ी ख़ूबसूरत कविता है।"

"धन्यवाद प्रभु! दुष्यन्त कुमार की ग़ज़ल का ये शेर अच्छा लगा न, और भी अच्छी शायरी सीख रही हूँ। आजकल संसद में शेरो-शायरी का ख़ूब चलन हो रखा है, शब्द वो काम कर सकते हैं, जो तीर कमान नहीं कर सकते। अंग्रेज़ी सीखने के लिए टीचर रख लिया है, राजनीति में आने के बाद विदेश यात्रा करने की मजबूरी हो जायेगी।"

"मीरा कहाँ-कहाँ से पर्चे भरे हैं?"

"महाराष्ट्र की तीन सीटों से मैंने पर्चे भरे हैं, शिर्डी, वर्ली और महालक्ष्मी। शिर्डी में साईं बाबा, वर्ली में हाजी अली और महालक्ष्मी में लक्ष्मी माता का फुल सपोर्ट है।"

कुछ दिन बाद प्रभु ने पूछा, "मीरा क्या हवा है,जीत पाओगी न?"

"ऑफ़कोर्स प्रभु, हवा का रुख़ अपने पक्ष में दिख रहा है।"

प्रभु ने कहा, "आमीन!"

"थैंक यू गॉड फॉर सेइंग आमीन। हम होंगे कामयाब...फिर करेंगे अधर्म का नाश और धर्म की स्थापना। लेटस क्रॉस द फिंगर्स।"

मीराबाई भारी मतों से चुनाव जीत चुकी हैं। एक महीने से प्रभु के पास कोई फ़ोन नहीं। जब फ़ोन लगता है, यह सन्देश बजता है आप जिस व्यक्ति से बात कर रहे हैं, उन्होंने आपका कॉल होल्ड पर रखा है, कृपया लाइन पर बने रहें, आपण ज्या व्यक्ति शी बोलत आहात त्याने आपला कॉल होल्ड वर ठेवला आहे, कृपया लाइन वर रहा। The person you are speaking with has put your call on hold. Please stay on line.

प्रभु के मैसेजेज़ का भी जवाब नहीं। सेक्रेटरी को लगाया। सेक्रेटरी कहती है, "मैडम बिज़ी हैं, आई विल गिव योर मैसेज।"

दुखी होकर गाने लगे–"दुख में सुमिरन सब करें, सुख में करे ना कोय।"

वे बहुत दुखी रहने लगे थे, क्यों मीरा को राजनीति में जाने को बोला। अब

मीरा के कोकिल कंठ से भजन सुनने को तरसूँगा। प्रभु निराशा में भोजन भी नहीं कर पा रहे थे। बहुत उदास बैठे थे, कि चरणों में स्पर्श अनुभव किया। मीरा उनके समक्ष बैठी थीं।

"प्रभु ये क्या दशा बना ली है?"

प्रभु के कमलनयन से आँसू टपका।

"मीरा कभी तुमने मेरे लिए महलों को छोड़ा था, अब महलों के लिए मुझे छोड़ दिया। इतने दिनों से सुध तक ना ली।"

"प्रभु कारण जानेंगे तो आपका दुख दूर होगा। देखिए..."

मीरा ने दिखाया–

"प्रभु ये मज़दूर बिना काम के भूखे मर रहे थे। मध्य वर्ग के ये युवा बेरोज़गार थे। इनके रोज़गार के लिए जुटी थी।"

"ये बच्चियाँ क्या कर रही हैं?"

"प्रभु ये मार्शल आर्ट सीख रही हैं।"

"क्यों मीरे?"

"एक नहीं कई दुःशासन, दुर्योधन पनप गये हैं। आप कहाँ-कहाँ जायेंगे? अब ये स्वयं सशक्त बन रही हैं।"

मीरा ने बहुत कुछ दिखाया।

"अब आप समझे, मैं कहाँ व्यस्त थी। आपने ही कहा था ना, राजनीति के दलदल में घुसकर ही आपको सुख दे सकूँगी।"

प्रभु गद्‌गद थे।

"पर मीरे जिन्होंने तुम्हें रबर स्टैंप, या भोली समझा था, उनसे कैसे निपटोगी?"

"प्रभु आपकी भक्ति की शक्ति मेरे साथ है। आपकी अक्षौहिणी सेना कौरवों के साथ थी। आप अकेले पाण्डवों के साथ। परिणाम सब जानते हैं।"

"मीरा विश्वास है तुम्हें, विसंगतियों के अँधेरे को दूर कर सकोगी?" मीरा ने एक कवि की पंक्ति गुनगुनायी

*रोशनी क्यों न आयेगी, हमारे आँगन में*
*हम अँधेरों को निगल जायेंगे।*

प्रभु की आँखों में आशा की चमक देख मीरा फिर धरती की ओर चल पड़ीं। पर फिर प्रभु चिन्तित हो गये थे, क्या मीरा वहाँ की घाघ राजनीति को पटकनी दे पायेगी?

# हम बयानों की खेती करते हैं-1

"हेरी मैं तो बयान दीवानी, मेरे बयान रचें इतिहास।"

"मीरा तुम्हें क्या हो गया है? तुम तो मेरी प्रेम दीवानी थीं, ये बयान दीवानी कब से हो गयी हो?"

"प्रभु क्या बताऊँ? अगर मैं फिफ्टीन सेंचुरी के ओल्ड पद एज़ इट, इज़ गाऊँगी तो आज के मॉडर्न लोगों से रिलेट कैसे कर पाऊँगी?"

"तुम अपने गाने में ये बयान-बयान क्या कर रही थीं?"

"प्रभु, यहाँ एक विशेष प्रजाति पायी जाती है नेताओं की, जो बयानों के बीज बोती है, बयानों की फ़सल उगाती है, कुल मिलाकर बयानों की खेती करती है। जब भी इन नेताओं को लगता है कि उनकी साख कम होने लगी है तो एक अटपटा-सा बयान उगल देते हैं। इसी तरह, किसी-किसी देश के प्रमुख भी समय-समय पर ऊलजुलूल बयान देते रहते हैं। कभी-कभी कुछ और क्षेत्र के लोग भी कुछ भी बयान देते रहते हैं। प्रभु मैं तो सोच रही हूँ कि इन बयानों पर पीएच.डी. करके डॉक्टर मीराबाई बन जाऊँ। मेरी थीसिस का विषय होगा 'बयानों की खेती'।

"तो अपनी बयानों की खेती में से तोड़कर दिखाओ कुछ फूल। जो देकर, ये अँगरेज़ी वाले 'फूल' बन जाते हैं।"

"ठीक है प्रभु, इतिहास से भी कुछ बयान सुनाती हूँ, फिर ताज़ा बयानों पर आऊँगी।"

"तो सुनिए एक बयान है पाकिस्तान के बिलावल भुट्टो का। जब से हिना रब्बानी ने उसको ठुकराया, कुछ बौरा सा गया। अजीब-अजीब से बयान देने लगा जैसे, कश्मीर का एक-एक इंच लेके रहूँगा। मैं एक दिन एकतारा लेकर पहुँच गयी पाकिस्तान। वहाँ की अवाम बताने लगी, मीरा आपा, आजकल इमरान खान ने बाउंसर पर बाउंसर मार के, पाकिस्तान की राजनीति को हिला रखा है। उससे मियाँ

नवाज़ शरीफ़ तो परेशान थे ही, बिलावल मियाँ दूसरे के बच्चे को अपना बनाने पर तुले हैं।

"दूसरे का बच्चा? कौन है मीरा?"

"प्रभु बात की व्यंजना को समझिये। कश्मीर को अपना बनाने के दिवास्वप्न देख रहे हैं, लेकिन प्रभु अब आप किस सोच में पड़ गये?"

"मीरा यह तो तुम पुरानी बात बता रही हो। अब तो वहाँ इमरान खान हैं।"

"हाँ प्रभु जानकर इस बात का ज़िक्र किया है ताकि आप अतीत और वर्तमान के परिप्रेक्ष्य में पूरी बात को ठीक से समझ सकें।"

"बशीर साहब का एक शेर सुनाती हूँ–

*कुछ तो मजबूरियाँ रही होंगी,*
*यूँ कोई बेवफ़ा नहीं होता।"*

"मीरा अब समझ आया कि बिलावल मियाँ भारत विरोध का राग अपनी साख बचाने के लिए गा रहे हैं।"

"परन्तु उसके इस बचकाने बयान पर वहाँ के लोग भी हँस रहे थे प्रभु।"

"अच्छा तो क्या वो शर्मिन्दा हुआ?"

"प्रभु, मैंने आपको इसीलिए यह बात बतायी, कि खोखला चना बाजे घना। पहले बिलावल बजते थे अब खान साहब वही काम कर रहे हैं। कहते हैं कश्मीर, पाकिस्तान का था, पाकिस्तान का रहेगा। खान साहब के ज़हन में कुछ ख़लल आ गया है। यूनाइटेड नेशन में जाकर भी भारत देश के ख़िलाफ़ बेसिर-पैर के बयान देते रहते हैं।"

"चलो अच्छा है मीरा, कम-से-कम भारत के नेता तो सुसंस्कृत हैं। ग़लत बयान कभी नहीं देते होंगे।"

"प्रभु, आपके इस विश्वास को ठेस पहुँचेगी जब यह जानेंगे कि ये नेता तो सारी शर्मे-हया बेच चुके हैं। बयान देने में इनका कोई सानी नहीं है। मैं आपको एक पुरानी बात बताती हूँ। ये बात है मायानगरी मुम्बई की, एक दिन रात को आपका ध्यान लगाने मैं पवई लेक चली गयी, क्या देखती हूँ? सफ़ेद कुर्ते-पायजामे पहने और टोपी लगाए बहुत सारे लोग लघु शंका कर रहे थे। मैं नाक बन्द करके पीछे पलट गयी। बाहर उनका नेता खड़ा था। जो उन्हें वहाँ से आदेश दे रहा था, 'जल्दी-जल्दी भरो। जलाशय का स्तर ऊँचा करो।'

"मैंने उनसे पूछा, 'नेताजी ये लोग क्या कर रहे हैं?'

उन्होंने मुस्कराते हुए कहा", "मैडम ये मेरे बयान की लाज रख रहे हैं।"

"इस तरह? जलाशय में लघुशंका करके?"

वे कहने लगे, "हाँ वही तो। मैंने सार्वजनिक तौर पर बयान दे दिया था कि यदि जलाशयों में पानी कम है तो क्या मैं जलाशयों में मू...दूँ।"

"मेरी देवभूमि में इस तरह के बयान देते हैं नेता?"

"जी प्रभु, देखिये मैं व्हाट्सएप पर एक बाबा की फ़ोटो भेज रही हूँ आपको। ये जो शीर्षासन में उलटे खड़े योग गुरु हैं। ये बाबा कम नेता हैं। ये बताने की बजाय कि कैसे ये सर के बल उलट गये हैं, ये बताने में इनकी ज़्यादा रुचि है कि कैसे मैं सत्ता को उलट सकता हूँ। एक और महात्मा श्री श्री टेकरीवालजी का उदय हुआ है, वे बयानबाज़ी के शहंशाह रहे हैं। लेकिन समय बीतने के साथ उनकी इस आदत में कुछ कमी हो गयी है।"

"किन्तु मीरा वे तो अति उत्साही और ईमानदार हैं।

"प्रभु हमें कुछ निर्णय समय पर भी छोड़ देने चाहिए।"

"प्रभु आप जानते हैं, आपकी देव भूमि पर ये तथाकथित नेता चुनाव के समय कैसे-कैसे वाहियात बयान देते हैं? कोई किसी को शहज़ादा कहता है, कोई किसी को चाय वाला कहता है। ये नेता जिन लोगों के वोटों से जीत कर आते हैं, उन्हें ही 'मैंगो पीपल' कहते हैं, 'केटल-क्लास' बताते हैं और यहाँ के लोकतन्त्र को 'बनाना-रिपब्लिक' बताते हैं। डंके की चोट पर बयान देते हैं कि हम जीत जायेंगे तो देश का सारा काला धन वापस लायेंगे।"

"तो निकाल लाये होंगे न स्विस बैंक से सारा काला धन! देव भूमि की ग़रीबी दूर हो गयी होगी। अब ग़रीब अपने चेहरे को सजायेंगे कैसे? ग़रीबी की प्रसाधन रेखा चली गयी होगी!"

"प्रभु अन्तर्यामी होकर भी आप ऐसी असम्भव बात कह रहे हैं। इस बात पर एक शायर का शेर याद आता है

*निकल आये इधर जनाब कहाँ,*
*रात के वक़्त आफताब कहाँ।*

प्रभु शेर सुनकर ख़ुश हो गये। "मीरा, बातें बड़ी रोचक करने लगी हो। और कुछ बयान उवाचो।"

"ठीक है प्रभु, पक्ष-विपक्ष सभी समय-समय पर जैसे आशा या नफ़रत फैलाने वाले, अशोभनीय बयान देते रहते हैं, जो याद हैं, उवाचती हूँ प्रभु यदि लड़कियाँ घर से बाहर निकलकर काम कर रही हैं, कभी-कभी कुछ पाशविक प्रवृत्ति के लोग उनका बलात्कार कर देते हैं।

इस पर भी कुछ महान नेता जी अभद्र बयान देते हैं, कि 'लड़कियाँ कपड़े ही ऐसे क्यों पहनती हैं कि उनका बलात्कार हो।' अब वे बेचारी हमेशा नौ गज़ की साड़ी तो पहनकर नहीं घूम सकतीं ना एक महाशय कहते हैं, 'लड़के हैं... कभी-कभी ग़लती हो जाती है।'

दिल्ली में एक लड़की का बलात्कार इतनी बुरी तरह किया गया कि मर गयी। इस पर कहते हैं 'उसे अपने दोस्त के साथ रात में घूमने की क्या जरूरत थी, ऐसा करेंगे तो उनके साथ ऐसा काम होगा ही।' "

प्रभु चिन्तित होकर बोले, "स्वयं के पुरुष होने पर लज्जित हूँ।"

"प्रभु राजनीति में तो महिलाओं के ऊपर पुरुष तो ना जाने कैसे-कैसे बयान देते रहते हैं, महिलाएँ भी महिलाओं के लिए असम्मानजनक बातें कहती हैं।"

"महिलाओं का इतना अपमान क्यों मीरा?"

"प्रभु दिमाग़ी विकृति और क्या? अतीत में जो राजनीतिक पार्टी कभी सत्ता में थी, सत्ता हाथ से निकलने पर उसके नेता महाशय बौरा गये। उस राजनीतिक पार्टी के प्रमुख जहाँ यह कहते हैं कि नारी का सम्मान करना देवी को पूजने के समान है। उन्हीं की पार्टी के एक महानुभाव भरी सभा में पहले जिस जलेबी देवी को बहन कहते थे। पार्टी बदलने पर उसे ही आइटम कहते हैं। वह महान आत्मा भी चुप नहीं बैठती, उन्हें शराबी, लुच्चा, लफंगा कहते हुए हिसाब बराबर कर लेती हैं। प्रभु एक बात मुझे अच्छी लगती है, कि ये तुरन्त ऐसे हिसाब बराबर कर लेते हैं, क़र्ज़ा नहीं रखते!"

"पर मीरा वोटरों का हिसाब...?"

"प्रभु वहाँ हिसाब-किताब में ये थोड़े कच्चे रहते हैं ना, पर विषयांतर हो रहा है, आगे सुनें–

"सर्व दिशाओं के विजेता मिंग नेता जी ने अपनी ही पार्टी की नेता के लिए टंच माल कहा, तो महामहिम जी ने किसी नेता की पत्नी को पचास करोड़ की गर्ल फ्रेंड कहकर सम्मानित किया था। पुरुषों के इस विट ज्ञान को, सलाम करना चाहिए!"

"मीरा तुमने कहा इस नस्ल की स्त्रियाँ भी बयानों में पीछे नहीं रहतीं। कम-से-कम स्त्री को तो स्त्री का सम्मान करना चाहिए।"

"प्रभु यही तो सबसे कठिन व्यवहार है। कमल पर आसीन एक महिला एम एल ए कोई सिंग है, हाथी पर सवारी करने वाली बहन जी को कहती हैं, ना वे पुरुष में लगती है ना महिला में। प्रभु ऐसे-ऐसे बयान सुनकर लगता है, वापस चलूं आपके साथ।"

"मीरा निराश मत हो, मेरे वचनों को याद करो...कर्मण्येवाधिकारस्ते माँ फलेषु कदाचन: पर अमल करो, जाओ डटी रहो रणभूमि में, करो बयानों पर रिसर्च। विजय मिलेगी।" मुस्कुराकर प्रभु ने कहा, "नहीं मिली तो इतना बड़ा शोध लिखकर डॉक्टर बन जाओगी।"

मीरा ने थम्स अप किया, फिर गाते हुए बयानों की शोध में निकल पड़ी...

*सखी म्हारी नींद नसाणी हो,*
*बयानां री फ़सल काटता-काटता, सारी रात विहाणी हो,*
*बयानां री रिसर्च म, सुध बुध सब बिसराणी हो।*

# हम बयानों की खेती करते हैं-2

कुछ महीनों बाद मीरा प्रभु के पास बड़ा भारी पुथन्ना लेकर पहुँचीं। जिसमें अनेक शीर्षक से बयान दर्ज थे–

"नेताओं के बिगड़े बोल, एक बयान से सियासत में घमासान।"

"देखिए प्रभु।"

प्रभु बोले, "मेरे बस का नहीं है इसे पढ़ना। तुम ही कुछ पढ़कर बता दो।"

"आशीर्वाद मुद्रा पार्टी के बयान–84 में जब सिखों पर अत्याचार हुए। मौजूदा प्रधानमन्त्री ने कहा, "जब कोई बड़ा पेड़ गिरता है तो आसपास की पूरी ज़मीन हिल जाती है।"

दूसरी पार्टी के लोग जिन्हें मौनी बाबा कहते हैं उनका बयान–

"महँगाई के लिए ग़रीब ज़िम्मेदार हैं।"

एक वकील है मिस्टर किब्बल, कहते हैं, "लोगों के सब्जियाँ खाने से बढ़ी महँगाई।"

एक हैं श्री अय्यर, देश के प्रधानमन्त्री के लिए कहते हैं, "यह नीच किस क़िस्म का आदमी है?"

पहले वित्त मन्त्री रह चुके एक महानुभाव कहते हैं, "अगर जम्मू-कश्मीर हिन्दू बहुल होता तो कभी उससे विशेष राज्य का दर्जा नहीं छीना जाता।"

क़ानून मन्त्री रह चुके जनाब मुर्शीद पार्टी के नेताओं के दामन पर ख़ून के दाग़ होने का दावा करते हैं, तो कभी अपनी पार्टी के शहज़ादे की तुलना भगवान राम से करते हैं।"

"मीरा क्या इनके दिमाग़ों में ख़लल रहता है? क्या सत्ताधारी पार्टी में सारे नेता बहुत अच्छे हैं! वह ग़लत बयान नहीं देते?"

"प्रभु सब एक ही थाली के चट्टे-बट्टे हैं। लोटस अर्थात ब्रह्मासन पर आसीन

कुछ लोगों को मैंने कहते सुना, "जो हमारे महामहिम जी का अपमान करेगा, हम उसको यहाँ नहीं रहने देंगे। और जो पन्तप्रधान का अपमान करेगा उसको हम यहाँ से ग़ायब ही कर देंगे।"

पन्तप्रधान कहते हैं, "जिन क्षेत्रों में हिन्दू कमज़ोर है वहाँ ही साम्प्रदायिक दंगे होते हैं।"

गृहमन्त्री कहते हैं, "पंजा पार्टी के नेताओं के बयान, पाक के नेताओं के बयान जैसे होते हैं।" सुनाते-सुनाते मीरा थककर चुप हो गयीं।

"मीरे रुक क्यों गयीं? कुछ और मज़ेदार बयान बताओ।"

मीरा मुस्कुराकर बोलीं, "प्रभु आप भी मज़े लेने में कम नहीं हैं।"

प्रभु व्यंग्य के साथ बोले, "आज कुछ बोर हो रहा हूँ कम-से-कम इनसे ही मनोरंजन हो जायेगा।"

मीरा भी तरोताज़ा हो ग़यीं "प्रभु सुनने में आया है, उत्तर में स्थित एक राज्य के नेताओं के बयान मिलते-जुलते से होते हैं। कोई पन्तप्रधान दूसरे दल के लोगों को साँप, बिच्छू कहकर जातक कथाओं के ज्ञान का वर्धन करते हैं। पाटलिपुत्र नाम के राज्य में चारा घोटाला करने वाले सज्जन का सुपुत्र, वहाँ के पन्तप्रधान के लिए उवाचता है कि वे शारीरिक और मानसिक रूप से थक चुके हैं।"

"मीरा ऐसा क्यों कहा?"

"शायद इसलिए कहा होगा, ख़ुद वहाँ के पन्तप्रधान कहते हैं हमारे राज्य में समन्दर नहीं है इसलिए यहाँ उद्योग कारखाने नहीं पनप सकते।"

"मतलब तुम्हारे शोध प्रबन्ध में राजनीति के सारे बयान दर्ज हैं?"

"प्रभु यह राजनीति में ही नहीं, खेल में, मनोरंजन की दुनिया में सब जगह इसी तरह के बयान देखे जाते हैं, मीडिया को भी ख़ूब मसाला मिलता है, लोगों का मनोरंजन भी होता है।"

"तो मीरा फिर रंग परिवर्तन कर वो भी तो उवाचो!"

मुस्कुराते हुए मीरा ने उवाचा, "अभी हाल ही में मायानगरी में शेर पर बैठी पार्टी के एक नेता ने एक अभिनेत्री को 'हरामखोर' कहा। फिर उस पर लीपापोती करते हुए बोले, यह तो प्यार में कहा जाता है।"

"ऐसी ख़बरें बड़ी तेज़ी से वायरल होती हैं। इनके जैसे तथाकथित बड़े लोग की हर बात को आदर्श माना जाता है, ब्रह्म वाक्य समझा जाता है इसीलिए तो माँ अपने छोटे बच्चे को प्यार से चूमते हुए कह रही है, 'हरामखोर, मेरे लाडले

हरामखोर!' इस शब्द विशेष की नयी व्याख्या ने ऑक्सफ़ोर्ड डिक्शनरी को भी नया अर्थ प्रदान किया है, हरामखोर मतलब 'नौटी'!

इसी तरह माझी रावंत नाम की एक महिला अक्सर लाइमलाइट में बने रहने के लिए बयान देती रहती है। जिससे गुप्त विवाह किया था उसी को अपना भाई कहकर, अब राखी बाँधने पर आमादा है। वह दोनों एक-दूसरे पर काउंटर बयानबाज़ी कर रहे हैं।

"पाकिस्तान के खिलाड़ी भी कम नहीं हैं, अपनी नफ़रत खिलाड़ियों से भी निकालते रहते हैं जैसे नावेद मियांदाद, चिल्लाते रहते हैं कि भारत के साथ कोई भी विदेश की टीम ना खेले। ख़ुद के फटे में तो देखते नहीं दूसरों पर बयानबाज़ी करने की सब की आदत है।"

मीरा ने देखा प्रभु कहीं खोए हुए हैं। मीरा को लगा प्रभु अब बोर हो गये हैं।

"प्रभु बोर हो गये हैं?"

"नहीं मीरे मैं तो सोच रहा हूँ, तुम इतनी मेहनत कर रही हो, क्यों ना तुम बयानों की खेती करो। क्योंकि लाइमलाइट में बने रहने के लिए सभी क्षेत्र के लोगों को बयानों की ज़रूरत पड़ती है। तुम्हारा यह व्यापार ख़ूब फलेगा-फूलेगा।"

मीरा को भी यह सुझाव बहुत पसन्द आया।

"ठीक है प्रभु! जाकर बयानों के कुछ बीज इकट्ठे करती हूँ। पहली फ़सल होने पर आपको मिलने आऊँगी।"

*हेरी मैं तो बयान दीवानी, गाते हुए मीरा ने प्रस्थान किया।*

# बन जा बेटा, बन जा बाबा

मीराबाई धरती पर आने के बाद कृष्ण प्रभु को धरती के समाचार देती रहती थीं, पर इधर तीन-चार दिनों से कोई फ़ोन ही नहीं। मीरा का फ़ोन भी उठ नहीं रहा था। प्रभु चिन्तित हो गये। आजकल भारत में महिलाएँ बिल्कुल सुरक्षित नहीं हैं। आख़िर गूगल बाबा की मदद ली। लोकेशन ट्रैस करते हुए, मायानगरी के एक मॉल के फूड कोर्ट में पहुँचे। देखा मीरा का पूरा हुलिया ही बदला हुआ है। जोगिया वस्त्र की जगह डिजायनर पहन रखे हैं। गोल-गोल कुछ खा रही हैं।

"मीरे चैन मिला, देखकर कि तुम सुरक्षित हो, ये क्या खा रही हो?"

"प्रभु बर्गर है, आइए आप भी भोग लगाइए।"

"कितना बदल गयी हो तुम। तुम्हारे जोगिया वस्त्र कहाँ गये?"

"और तुम्हारा एकतारा कहाँ है?"

"प्रभु अब ये जोगिया वस्त्र पहनना बहुत अपमानजनक हो गया है।"

"क्यों मीरा?"

"इसलिए कहती हूँ, न्यूज़ पढ़ा करिए।"

मुस्कुराकर बोले, "तुम सारी ख़बर देती तो हो! भक्त हों तो भगवान क्यों तकलीफ़ करें? पर हाँ मीरा पढ़ता हूँ, सुनता भी हूँ।"

"तो, आपने पढ़ा नहीं, बाबा रामपाल हैड अ ग्रेट फॉल। सारे हिस्ट्री शीटर्स साधु-सन्त बनकर बैठ गये हैं। आश्रम में लोगों को बन्धक बना लेते हैं।"

"मीरे, लेकिन सब तो ऐसे नहीं हैं।"

"हाँ जानती हूँ। कुछ बहुत अच्छे सन्त हैं, लेकिन सच्चे और झूठे में फ़र्क़ करना इस देश की जनता भूल गयी है। तथाकथित माताओं, गुरुओं और बाबाओं ने सारा परिदृश्य बदल दिया है।"

"तुम इतने अधिकृत रूप से कैसे कह सकती हो मीरा?"

"कुछ वीडियो मिले हैं, आपको दिखाती हूँ। प्रभु देखें और सुनें–इस वीडियो में, एक पिता अपने पुत्र बंटी को एक कविता सिखा रहा है।"

"बंटी, बंटी, यस पिताजी।"

"बनेगा बाबा?"

"क्यों पिताजी?"

"बन जा बेटा, बन जा बाबा
थोड़ी सी तू रट ले गीता
थोड़े से रट, वेद-पुराण
आश्रम खोल के बाँट तू ज्ञान
शाशाराम बन या बन कामपाल
थोड़ा सा तू योग सिखा दे
ख़रीद के जड़ी-बूटियाँ पानी के मोल
अपना आटा, अपना तेल
अपनी दवा का ब्रांड बना ले।
हीरे-मोती, रुपयों की होगी फिर
बरसात।
सारे चैनल फिर तेरे ही गुण गायेंगे
सेलीब्रिटी तुझे बनायेंगे।
जो बन गया मॉडर्न बाबा तू
माता, पिता ख़ुद तेरी सेवा में
बेटियों को छोड़ जायेंगे।
लेम्बोर्गिनी, रौल्स-रॉयस बढ़ायेंगी तेरे गैरेज की शान
सब पूजेंगे तुझे, बनेगा तू महान
भक्त गण पहनायेंगे सोने के हार
हर ओर होगी, तेरी जय-जयकार
तो अब बोल, बेटा बंटी बनेगा बाबा?"

"यस पिताजी, यस पिताजी।
हा हा हा।"

"मीरा! पिता, पुत्र को ऐसे संस्कार देता है?" चकित होकर प्रभु ने पूछा।

"जी प्रभु, शाशाराम और उसका होनहार सुपुत्र परायण स्वामी मिलकर ही लोगों को धार्मिक बनाते थे।"

"धार्मिक बनाते थे, तो अच्छी बात है ना मीरा।"

"प्रभु धार्मिक बनाते थे, याने...मैंने चूना लगाने को व्यंजना में कहा। प्रभु दूसरा वीडियो देखिए।" प्रभु देखने लगे–

सेठ अपने नौकर को डाँट रहा है–"प्रकाश चन्द, तुम जब देखो,तब पंजाब भागते रहते हो, नौकरी से निकाल दूँगा। ऐसा क्या है वहाँ?"

"सेठजी मेरी पत्नी का आकर्षण है।"

"अच्छा...इतना आकर्षण है! तब तो, हम भी देखना चाहेंगे तुम्हारी पत्नी को।"

प्रकाश चन्द की पत्नी को देख सेठजी भाव विभोर हो गये। बोले–

"सुन्दरी आप अत्यन्त आकर्षक हैं, मैदे की लोई जैसी गोरी हैं। आप यहाँ, कहाँ, पंजाब में पड़ी हैं, चलिए आमची मुम्बई। हम दोनों मिलकर माता की चौकी करेंगे।"

सुन्दरी ने कहा, "मैं भक्तों से क्या कहूँगी? सेठजी, ना तो मुझे कोई ज्ञान है, न ज्ञान लेने में कोई रुचि है।"

सेठ बोले–"सुन्दरी आप चिन्तित न हों, मेकअप मैन, आपका मेकअप करेगा। आपके मैदे जैसे चेहरे पर सुर्ख लाल लिपस्टिक पोतेगा, आँखों में मोटा काजल ठूँसेगा, ललाट पर लम्बा टीका बनायेगा, डिज़ाइनर और बहुत चमकदार ड्रेस पहनायेगा। आप तो बस अति सुन्दर गुलाब का फूल अपनी गोरी चिकनी उँगलियों में लेकर, लाल लिपस्टिक लगे होंठों पर सोलह इंच की मुस्कान सजाये चुपचाप खड़ी रहना।"

"उससे क्या होगा सेठजी?"

"सुन्दरी हम बड़े-बड़े शो करेंगे। कभी 'बी के सी' में, कभी कोरा-केन्द्र जैसे बड़े-बड़े ग्राउंड में। इंडियन फ़िल्मी हीरो की तरह विशिष्ट विमान से आप लैंड होंगी। भक्त समझेंगे, साक्षात देवी अवतरित हो रही है।"

"पर भक्त ऐसे कैसे समझेंगे?"

"सुन्दरी हम पहले ही आपके चमत्कार की कुछ कहानियाँ प्रचलित करा देंगे।" भोली बनकर सुन्दरी ने पूछा, "वे मान लेंगे?"

उपहासात्मक हँसी के साथ सेठ आगे बोले, "हमारे देश के लोग बहुत भोले हैं। बाबाओं, माताओं और धर्म गुरुओं के नाम पर आँख मूँदकर विश्वास करते हैं। सच्चे और झूठे का फ़र्क़ भी नहीं कर पाते हैं।"

वीडियो बन्द हो गया।

प्रभु की उत्सुकता बढ़ गयी।

"मीरा फिर क्या हुआ?"

"प्रभु पंजाब की वो सुन्दरी आजकल मुम्बई में धारे माँ के नाम से जानी जाती हैं। उनको देखकर कई सुन्दरियों को कॉम्पलेक्स होता है। ऐसे-ऐसे कपड़े पहनती हैं कि कैबरे डान्सर भी हीन भावना से ग्रस्त हो जाती हैं। ऐसे नाचती हैं कि बड़ी-बड़ी नृत्यांगनाएँ जलती हैं।"

"लोग उनके झाँसे में आ जाते हैं मीरा?"

"प्रभु उनके भक्त तो उन्हें गोद से नीचे नहीं उतारते। पुलिस चौकी तक में दंडाधिकारी उनकी आरती उतारते हैं और चरण वन्दन करते हैं।"

अब प्रभु व्यंग्य के साथ बोले, "मीरा रुचिकर व्यक्तित्व है इनका।"

"जी प्रभु इनकी कथा और है, बाद में सुनाऊँगी। अब यह तीसरा वीडियो देखें।"

"ये बाबाज़ी क्या सिखा रहे हैं मीरा?"

"ये लोगों को बता रहे हैं, पुचके में दूध भरकर खाओ, तो नौकरी मिल जायेगी।"

"क्या ऐसा होता है? काश मैं भी जानता इतने सहज उपाय, तो भक्तों की माँग तो पूरी कर पाता।"

कहकर प्रभु के चेहरे पर सलोनी मुस्कान आयी।

"प्रभु लोगों की परेशानियों को भुनाने का हुनर आता है इन्हें। ये अगला वीडियो देखिये।"

प्रभु ने देखा, एक गुरुदेव अपनी महिला भक्तों से पैर दबवा रहे हैं और ढाई

आखर प्रेम का शारीरिक अर्थ समझा रहे हैं। ये महिलाएँ भी गुरु प्रसाद समझकर उसे शिरोधार्य कर रही हैं।

"बड़ी हाई फाई महिलाएँ हैं, मीरे।"

"प्रभु, सही पकड़ा आपने। ये पैसे वाली महिलाओं को ही दीक्षा देते हैं और ये जो महिलाएँ गुरु चरणों को धोकर पी रही हैं, ये घर में सैनिटाइज़र से हाथ धो-धो कर खाना खाती हैं।"

"मीरा वो युवक, इन गुरु के सामने रो क्यों रहा है?"

"ये ऐसा बेटा है, जिसने रात-दिन एक करके पढ़ाई की। यहाँ तक कि पेपर बेचे, छोटे-छोटे काम किये। लोन लेकर घर बनाया। पर उसकी माँ ने पूरी प्रॉपर्टी गुरु महाराज को दान कर दी है। उस बेटे की पत्नी और बच्चे बेघर हो गये हैं।"

प्रभु उदास हो गये।

"पर मीरा ये गुरु महाराज तो राम का नाम लेते हैं ना। राम नाम जपते हैं!"

"जी प्रभु इनका, इस भजन में भरोसा है–राम नाम जपना, पराया माल अपना।"

प्रभु ने गम्भीर वाणी में कहा, "फिर एक गीता प्रवचन करना पड़ेगा। धर्म के नाम पर अच्छा-ख़ासा बिज़नेस चल रहा है।"

"आपने बिज़नेस की बात की, तो यहाँ देखें!"

"ये हज़ारों की संख्या में लोग बैठे क्या कर रहे हैं मीरा? ये गुरु जी कौन हैं?"

"ये गुरु जी लोगों को जीने का तरीक़ा सिखाते हैं, सचमुच अच्छी बातें सिखाते हैं लेकिन अब इनके पास पहुँचने के लिए भी भक्तों को अपनी अंटी ढीली करनी पड़ती है।"

मीरा ने मुस्कान के साथ कहा, "प्रभु आपके दर्शन भी तो तभी मिलते हैं, जब महँगी टिकिट ख़रीदे कोई!"

"इसमें मेरा क्या दोष? जले में नमक ना छिड़को मीरा।"

"क्षमा प्रभु ये तो मैं उनकी बात कर रही हूँ जिन्होंने आपके दर्शन को कमाई का ज़रिया बना लिया है।"

"तुमने अच्छे बाबा लोग की बात नहीं की। मीरा सब माता, बाबा एक से नहीं होते। हरियाणा में चार्मिंग व्यक्तित्व वाला रहीम राम तो, 'मैसेंजर ऑफ़ गॉड' है।"

"अब वो 'मैसेंजर ऑफ़ फ्रॉड' है प्रभु! आपके नाम पर इसने बेशुमार दौलत भर ली। ये अपना ख़ज़ाना भरते हैं, आप तक कुछ पहुँचता ही नहीं। देखिए कितना बड़ा सात सितारा आश्रम बना रखा है।"

"नहीं मीरे, तुम्हें कुछ ग़लतफ़हमी हुई है। कितनी बालिकाओं को उसने शरण दी है।"

"प्रभु भगत के बस में हैं भगवान वाली थ्योरी से बाहर निकलें। इसी सात सितारा आश्रम को इसने ऐय्याशी का अड्डा बना रखा था। मासूम लड़कियों तक को..."

"क्या मतलब मीरा?"

"प्रभु वे मासूम कहतीं, भगवान के लिए हमें छोड़ दो।"

"तो कहता–तुम्हारे माता-पिता ने तुम्हें भगवान की शरण में ही तो छोड़ा है। बालिके राम भी मैं हूँ, रहीम भी मैं ही हूँ। भगवान को कुपित ना करो।"

प्रभु को क्रोध आया। "कितने गिरे हुए हैं ये लोग। चलो मीरा तुम वापस चलो। कहीं ऐसा ना हो, तुम भी इनके रंग में रंग जाओ या इनके कारण लोग तुम पर कीचड़ उछालें।"

"प्रभु आपकी इस बात ने मेरा संशय दूर कर दिया है। मैं यहाँ से नहीं जाऊँगी। इनके चंगुल से लोगों को निकालूँगी।"

"अब तो ये कारावास में चक्की पीस रहे हैं, अब क्या डर मीरा?"

"यही तो समस्या है प्रभुSS थोड़े दिन लोग याद रखते हैं, इनके कारनामों को फिर कर्म करने की जगह अपनी परेशानियों के हल ऐसे ही बाबाओं में ढूँढ़ने लगेंगे। नये माता, बाबा उदय हो जायेंगे। आप तो निश्चिन्त होकर प्रस्थान करें, मैंने कबीर भाई को बुलाया है आगे की रणनीति बनाने के लिए।"

कबीर आये, गाने लगे–

*माला फेरत जुग भया*
*पंडित भया ना कोय*

मीरा ने स्वर मिलाया

*ढाई आखर प्रेम का पढ़े सो पंडित होय।*

इस बात को कुछ समय बीत गया, कुछ लोग समझ पाये, कुछ नहीं।

उनके सामने नयी चुनौती आ गयी है, मॉडर्न धारे माँ एक फूहड़ से टेलीविज़न शो में नौटंकी करने पहुँच गयी हैं।

एक तथाकथित बाबा बालिकाओं से हॉट मसाज करवा रहे हैं।

दीक्षा देने के नाम पर बलात्कार हो रहे हैं। उनके प्रमाण-पत्र वो भोगी स्वामी जला देता है।

जब ये बेटियाँ गुहार लगाती हैं, तो 'बेटी बचाओ, बेटी पढ़ाओ' का नारा देने वाले माई बाप उस बाबा को ही बचाते हैं।

मीरा कबीर से कह रही हैं, कबीर भाई आप लेखकों की क़लम की स्याही बन जाओ, और लोगों की नज़र खोलो।

कबीर भाई सोच में पड़ गये हैं, क्या ऐसी क़लम बाक़ी हैं?

(यह रचना, सचमुच के तथाकथित माताओं और बाबाओं पर आधारित है।)

# खुल खेलो संसार में, बाँध सके न कोय

"मीरा आजकल नया क्या चल रहा है धरती पर?"

"प्रभु आजकल आपकी देवभूमि में बड़ा उलटफेर चल रहा है।"

"बताओ मीरा।"

"सुनिए, पिता ने पुत्र को पत्र लिखा–

'बेटा घर लौट आओ, अब दल बदलने पर तुम्हें कोई कुछ नहीं कहेगा। आजकल दल बदल की आँधी चल रही है। तुम भी एक दिन इंका में, एक दिन भाजपा, एक दिन सपा, एक दिन बसपा, एक दिन झामुमो, एक दिन मांमुमो, एक दिन राकांपा, दूजे दिन तूकांपा, तीजे दिन माकांपा, में जाना।' "

"मीरा ये कौन-सी भाषा में बात कर रही हो।"

"प्रभु, ये भारत देश की राजनैतिक पार्टियों के शॉर्ट फॉर्म हैं।"

"ओह! बड़े अटपटे नाम हैं। फिर आगे क्या कहा?"

पिता ने आगे लिखा, "तुम्हें नहीं जमे या पार्टी वालों को नहीं जमे, कोई चिन्ता नहीं! बहुत पार्टी हैं। नयी-नयी पार्टीज का पता करेंगे। देश की ही नहीं, अन्तर्देशी भी। हमें कुछ सूत्रों से पता चला है गांधी जी भी कांग्रेस और मुस्लिम लीग दोनों में अपनी पहुँच रखते थे। जहाँ 'गांधी जी' मिले, वहाँ चले जाना।"

"पर गांधी जी तो...ओ समझा! मीरा, नयी पार्टी में ऐडजस्ट कैसे होते होंगे ये रोज़?"

"प्रभु, आज के नेताओं में हर पार्टी की स्टेपनी में जैक बनने की विशेष क्वॉलिटी पायी जाती है। आगे पिता ने लिखा–

'बेटा चिन्ता मत करो, आजकल कोई किसी को अछूत नहीं मानता।' "

"पर मीरा यह घाल-मेल कैसे सम्भव है?"

"प्रभु जब कीमा, पापड़ जैसे हिन्दी के शब्दों को ऑक्सफ़ोर्ड डिक्शनरी में

जगह मिल सकती है तो अपनी पार्टी की हार से दुखी और निष्कासित नेताओं को सत्ताधारी पार्टी में जगह मिलना तो बनता है ना। गोलमाल है, सब घोलमाल है। राजनीति में डिवाइड एंड रूल चलता ही है प्रभु।"

"पर ऐसे कैसे?" प्रभु चकित थे।

"प्रभु क्योंकि सत्ता पर विराजित पार्टी का दिल सचमुच बहुत ही बड़ा है। सबको शामिल कर रही है। आख़िर भारतीय संस्कृति ने भी तो सभी विदेशियों को अतिथि बनाया। अपने घर में जगह दी। ये भी 'अतिथि देवो भव' में विश्वास रखते हैं।"

"पर जहाँ तक मुझे याद है मीरा, पहले इस पार्टी को यही लोग गालियाँ देते थे, जो आज इनसे भरत मिलाप कर रहे हैं।"

"प्रभु आप इन महानुभावों को कम आँक रहे हैं। इन नेताओं की पल-पल बदलती आस्था को भी नमन करना पड़ेगा। जो पहले सत्ताशीन को भगवा कहकर उसे अछूत कहते थे, अब भगवा ओढ़कर उसी की महिमा गा रहे हैं। धाकड़ कही जाने वाली पुलिस अधिकारी मैडम जी, जो राजनीति के भ्रष्टाचार पर बात करती थीं, अब रोड शो में एकतारा लेकर गा रही हैं।"

"हूँ...मैं समझ गया, किसकी बात कर रही हो। वैसे गा क्या रही हैं? सुनाओ।"

मेरे भजन की तर्ज़ पर यूँ गाती हैं–

*पायो जी मैंने नमो नमन धन पायो*
*वस्तु अमोलक दी मोहे पी एम।*
*बनूँगी अब, मैं भी सी एम।*
*किरपा कर अपनायो*

"मीरा, तुमसे ये आस्था और भक्ति क्यों नहीं सीखतीं?"

"प्रभु लोग अच्छाई जल्दी कहाँ ग्रहण करते हैं, अब सच्चाई, ईमानदारी और आस्था ऑउटडेटेड बातें हो गयी हैं।"

"पर मीरा, वो मैडम सबकी आदर्श रहीं, जो बड़े-बड़े आदर्शों की बात करती थीं क्या उन्हें भी सत्ता का भूत लग गया? उन पुलिस अफ़सरानी को क्यों ले आये लोग?"

"क्योंकि शायद कमल पर बैठी पार्टी भी जोकर करार दिये गये सन्त टेकरीवाल से डर रही है। कुछ लोग कहते हैं कि, सन्त टेकरीवाल सचमुच माया से परे हैं। कहावत है ना, लोहे को लोहा काटता है इसलिए उनके विरोध में मन्ना स्कूल की

प्रोडक्ट पुलिस अफ़सर मैडम जी को लाना उनकी मजबूरी थी। क्योंकि उनकी छवि भी कुछ ऐसी रही थी। कह तो दिया सी.एम पद उनका है। पर राज़ की बात यह है, अन्दर ही अन्दर कहीं न कहीं ये काँटा ख़ुद कमल के फूल को चुभ रहा है।"

"वो क्यों?"

"प्रभु बताऊँगी, पर एक और बात जो खटक रही है, पहले वो कर लूँ।"

"क्या खटक रहा है?"

इनकी बड़ी-बड़ी बातें। जिसके लिए मुहावरा सही है हाथी के दाँत खाने के और दिखाने के और।"

"पहेलियाँ ना बुझाओ मीरा।"

"प्रभु, पार्टी विशेष स्वच्छता अभियान चला रही है। गन्दगी उन्मूलन की बात कर रही है। अब देखिये न, हम सब भी कितने भोले हैं बड़ी आस से हर सुबह पद यात्रा करने निकलते हैं कि आज की सुबह होगी स्वच्छ सुबह, सड़कें होंगी सुन्दर, साफ़-सुथरी और होगी हरियाली चारों ओर।"

"हाँ तो मीरा ऐसा होगा भी।"

"कहाँ प्रभु, हरियाली की जगह मिलते हैं कंक्रीट के जंगल, कचरों के ढेर और नाक को सुगन्धित करता बदबू का परफ्यूम। पद यात्रा करके जब हम वापस घर पहुँचते हैं, हमारी चरण पादुकाएँ अत्यधिक धूल-धूसरित हो चुकी होती हैं। ऊबड़-खाबड़ सड़कों से मिलन करके जर्जरित हो चुकी होती हैं।"

मीरा उदास हो गयीं।

"मीरा इतनी निराश मत हो। अच्छे दिन आयेंगे।"

"प्रभु, नौ महीने में तो गर्भ से शिशु भी बाहर आ जाता है पर सत्ताधारी पार्टी के गर्भ में अच्छे दिन नाम का जो शिशु है पता नहीं वो कब बाहर आयेगा?"

"पर मीरा, सत्ताधारी पार्टी के सदस्य भरो अभियान की बात करते-करते तुम स्वच्छता अभियान की बात क्यों करने लगी?"

"प्रभु यही तो 'बिटवीन द लाइन्स' पढ़ने वाली बात है। कितना बड़ा दिल है इनका। कचरा समझकर जिन्हें दूसरी पार्टियों ने फेंक दिया। उन सदस्यों को भी उठा-उठाकर गले लगा रहे हैं, 'प्रीत जहाँ की रीत सदा 'गाना गाकर अतिथि देवो भव कह रहे हैं, इतना प्यार बाँट रहे हैं कि पंजा पार्टी के सी.एम. रहे, अर्थ किंग चव्हाण भी इनकी प्रीत के गीत गाते हुए कह रहे हैं, 'हम तुम चोरी से, बँधे एक डोरी से।' "

"मीरा सुनने में आया है कि आजकल पंजा पार्टी के राजकुमार भी अपनी मम्मा से लोटस टॉय दिलाने की ज़िद कर रहे हैं। अचानक सोहनलाल द्विवेदी जी की कविता, 'मैं तो वही खिलौना लूँगा, मचल गया दीना का लाल' याद आ रही है। जवाँई राजा जी, जिनके नाम पर बहुत से घोटाले दर्ज हैं, वे भी अपनी पत्नी से ज़िद कर रहे हैं, मुझे भी लोटस रेल में बैठ जाने दो। उनका दिल इतना बड़ा है कि सारे गिले-शिकवे भुला देंगे। कहा-सुना सब माफ़ कर देंगे।"

"प्रभु अब तो यह रीत ही बन गयी है। देश के हृदय प्रदेश के एक छोटे से शहर में एक छुटभैये नेता पातक जी, जो राजकुमार के दायें हाथ समझे जाते थे, पंजा पार्टी में रहकर ख़ूब घोटाले किये। सुबह-शाम राजकुमार की आरती उतारते थे। जैसे ही राजकुमार के नीचे से कुर्सी सरकी, इन महोदय की आस्था ने भी गिरगिट की तरह रंग बदल लिया, लोटस पार्टी के बिचौलियों के चरण धोने लगे। टिकट मिल गयी, जीत गये, और उनके घोटालों को सत्ता की ढाल मिल गयी।"

"मीरा ज़मीर नाम की कोई चीज़ बची है क्या इनके पास?"

"प्रभु इस पर तो रिसर्च करनी पड़ेगी। पर एक बात सिद्ध हो गयी।"

"क्या?"

"यही कि उगते सूरज को ही सब पूजते हैं। जब पंजा पार्टी की तूती बोल रही थी। बहुत से देशवासी पंजाराम कहलाने में देशप्रेम समझते थे। ललिता, लक्ष्मी,

सरस्वती चालीसा की तरह। मोनिया चालीसा, प्रयंका चालीसा और राहु सहस्त्र नाम का पाठ सुबह-शाम करते थे। उनकी प्रशस्ति में देवी वर्ल्ड, आदि पत्र-पत्रिकाएँ निकालते थे। उनके नाम पर अनेको सम्मान आदि देकर अपनी नमक हलाली का सबूत पेश करते थे। उनके दरबार में कोर्निश बजाते थे, पर..."

"पर क्या मीरा?"

"जैसे ही हवा ने रुख बदला, वही लोग नमो नमन चालीसा, नमो नमन आरती गाने लगे। अपनी आस्था देवाधिदेव नमो नमन के चरणों में व्यक्त करने लगे। कई ने तो मुझे कहा था, मीरा जी जितने रुपया लेना हो, ले लीजिए पर अपने सुन्दर भावों के साथ हमें नमो नमन चालीसा लिखकर दे दीजिए। ताकि हम देवता को प्रसन्न कर सकें।"

"तो मीरा तुमने लिखकर दिया?"

"प्रभु, आपके प्रभाव से निकलूँ तब तो किसी और देवता की आरती गाऊँ! पर हाँ नमो नमन देव ने भी समस्त भक्त जनों को प्रसन्न करने का वादा किया। उन्होंने लोटस सदस्यता अभियान की सवारी हेतु अलग-अलग वाहन तैयार कराये। वायु यान, रेलगाड़ी, बैलगाडी, सड़क परिवहन, बस, लेम्बोर्गिनी गाड़ियाँ वग़ैरह वग़ैरह।"

"ऐसा क्यों मीरा?"

"क्योंकि, रुतबे के हिसाब से यात्री बैठाये जा रहे थे। कुछ जबरन ख़ुद को ठूँस रहे थे। कुछ दूसरी पार्टी के वोट काटने के लिए ठुँसाये जा रहे थे।"

"ऐसे लोगों को क्या कहा जाता है?"

"वोट कटवा की उपाधि से नवाज़ा जाता है इन्हें। टेकरीवाल की काट के लिए पुलिस अफ़सर मैडम जी को सी.एम. की कुर्सी ऑफ़र कर दी।"

"पर उनकी मेमॉरी में तो मन्ना साहब के उसूल फिट थे।"

"प्रभु उनके पी सी से मन्ना भाऊ के सारे उसूल, लोकपाल बिल यानी सत्ता के लिए मुश्किल समझे जाने वाले सारे आइकॉन डिलीट कर दिये गये हैं।"

"हूँ...मीरा, राजधानी के दोनों भावी सी.एम. पद के कैंडिडेट को देखकर एक बात समझ में आ रही है। हम सबको भी मन्ना बाबा की शरण में जाना चाहिए।

"क्यों प्रभु?"

"सिंपल, पकी-पकाई पॉपुलैरिटी हमें मिल जायेगी।"

"प्रभु, टीवी पर कोई न्यूज़ आ रही है।"

न्यूज़ सुनकर मीरा की बाँछें खिल गयीं।

"मीरा ये मुस्कान किसलिये?"

"देखिये हमारे दिल की आवाज़ आपसे भी ऊपर के गॉड ने सुन ली। मन्ना बाबा पुनः आन्दोलन करने का मन बना रहे हैं। किसानों के हक़ में और स्मार्ट सिटी के विरोध में, चलिए हम इस आन्दोलन का फ़ायदा उठायें।"

"कैसे मीरा?"

"अभी तो आपने कहा, हम उनके नये साथी बन जायें। जब पॉपुलर हो जायेंगे तब या तो किसी पार्टी में शामिल हो जायेंगे या ख़ुद अपनी पार्टी बना लेंगे।"

"उचित है मीरा, उसका नाम रखेंगे–हम, आप और सत्ता।"

"पार्टी का चुनाव चिह्न रखेंगे आँसू! प्रभु इमोशन ही वो हथियार है जिसको चलाकर देश की जनता को बेवकूफ़ बना सकते हैं। उनकी भावनाओं से खेला जा सकता है।"

"मीरा यह तो भोले-भाले लोगों के साथ धोखा है।"

"प्रभु ज़हर को ज़हर काटता है। कबीर भाई ने भी कहा है, खुल खेलो संसार में, बाँध सके न कोय।"

कबीर के नाम पर प्रभु के चेहरे पर कुछ तल्ख़ी आयी, पर समझ गये थे, कबीर के गंडासे के बिना बात बनेगी नहीं, इसलिए मुस्कुराकर सर हिला दिया। कबीर की बातों में दम तो है वाह!

"खुल खेलो संसार में, बाँध सके न कोय।"

# तू नहीं और सही...

कुछ दिन बाद मीरा प्रभु धाम आयीं तो कुछ चुप सी थी, प्रभु ने वातावरण को हल्का करने के लिए कहा, "मीरा आजकल धरती की राजनीतिक उठापटक की बातें कई दिनों से नहीं सुनायीं। ये ख़बरें हाजमोला का काम करती हैं, सुनाओ कुछ नयी कारस्तानियाँ।"

"सर में दर्द है, चाय भी मिलावट की पीनी पड़ती है, रुक्मिणी बहन अच्छा-सा कोई पेय पिलवाओ ना!" पेय पीने के बाद वे प्रसन्न हो गयीं।

"धन्यवाद रुक्मिणी बहन, तरस जाती हूँ, बिना मिलावट का खान-पान मिलता ही नहीं। अब सुनिए प्रभु, आजकल आर्यावर्त में बहुत धमाल मची हुई है। आप राजनीति इतनी आसानी से कैसे कर लेते थे? यहाँ तो तीन-तीन पार्टियों में बड़ा घमासान मचा है। पति-पत्नी का त्रिकोण देखने में आ रहा है। कोई-कोई महानुभाव तो मसखरों जैसी हरकतें करते रहते हैं।"

"मीरा इतनी लम्बी भूमिका मत बताओ। यह कहो हुआ क्या?"

"एक दिन मैं मायानगरी की विधान सभा के सामने से निकली, तो चक्र पर बैठे कुछ लोग गा रहे थे, दे दाता के नाम तुझको अल्लाह रक्खे, सत्ता में दे नाम तुझको अल्लाह रक्खे।"

मैंने पूछा, "रादाठ भाई, कमल के फूल के आगे आप ये कटोरा लिए क्यों रो रहे हैं? क्या चक्र पर बैठे लोगों को रोना शोभा देता है?"

वे बोले, "हम सिर्फ़ रोते नहीं, दम दिखाना भी आता है। 'है आग हमारे सीने में, हम आग से खेला करते हैं।' अगर हमें 'मिल' की जगह नहीं मिली तो ज़बरदस्ती घुसकर क़ब्ज़ा कर लेंगे। उन्हें हमें सत्ता में दस परसेंट भागीदारी देनी होगी वरना...।"

मैंने पूछा, "वरना क्या?"

वरना के जवाब में वो अपना सर खुजाने लगे। फिर हिचकियाँ लेकर रोने लगे।

"तीने माझा बरोबर दगा केला (उनने मुझसे धोखा किया)। बोले थे केन्द्र में भी कुर्सी देंगे, पर पत्र वरुन (पत्र में) चालबाज़ी केलि। हम सब छोटी पार्टियों को बेवकूफ बनाया।"

"भाऊ बड़ी मछली तो छोटी मछली को खाती है। शान्त हो जाइए।"

मेरे यह कहने पर वो बच्चों की तरह मचल गये। कहने लगे "पहले पता होता, तो हम शेर के साथ दहाड़ मारते, काये को कमल की पूजा करते?"

फिर देवदास की तरह गाने लगे फिर शायर बन गये (अपने भाषणों में जोड़-तोड़ की शायरी उनकी यू एस पी है)

*हमने की उनसे वफ़ा की उम्मीद*
*जो नहीं जानते वफ़ा क्या है?*
*तड़प तड़प के दिल से आह निकलती है, लुट गये हम तेरी मोहब्बत में।*

"तो मीरे तुमने उनसे क्या कहा?"

"प्रभु मैं कुछ कहती, उसके पहले ही शेर की तरह दहाड़ती एक महिला आयी।

"माझा नवरा मला तलाक़ नहीं दिला, दूसरी बाई बरोबर नैन मटक्का चालू केलेला आहे। (मेरे आदमी ने मुझे तलाक़ नहीं दिया, दूसरी औरत के साथ नैन मटक्का कर रहा है)।' "

मैंने उससे पूछा, "वहिनी तुमी कौंण कौन? और इतने ग़ुस्से में क्यों हो?"

वो बोलीं, "शिवा प्रिया हूँ। आजकल मेरा नवरा घड़ी पहनी एक प्रेमिका से इश्क़ लड़ा रहा है।"

मैंने पूछा, "क्या नाम है उस प्रेमिका का?"

वितृष्णा से वो बोली, "उस चालू बाई का नाम 'नेकापा' है।"

"मैंने चकित होकर कहा लेकिन पहले तो ये दोनों एक-दूसरे के ख़िलाफ़ मैदाने जंग में थे। एक-दूसरे को गालियाँ देते थे।"

इस पर वह बोली, "हाँ बहिन वही तो, ये नेकापा बड़ी चालू है। अपने पति पंजाराम को तलाक़ दे दिया है और उसके जन्मदाता दवार भाऊ उसकी हर ग़लती पर पर्दा डालते फिरते हैं। उनके रिश्तेदार ने सत्ता में रहते हुए सिंचाई घोटाले और न जाने कौन-कौन से घोटाले किये हैं। अब अगर उसे कोई बचा सकता है तो, देवों का देव इन्द्र। इस नेकापा ने जाकर सीधा उससे प्रणय निवेदन करते हुए कहा–'मोरे सैंया, मैं पिया तेरी, तू माने या ना माने। गुण तो न थे कोई भी, अवगुण मेरे भुला देना।"

"उसकी चिकनी-चुपड़ी बातों में आ गया मेरा पति।"

तब मैंने पूछा, "उसे पता है कि वो आपका पति है?"

"हाँ बिल्कुल। चुनाव के पहले हमारे बीच थोड़ा-सा मनमुटाव हो गया था पर किस पति पत्नी में झगड़ा नहीं होता? कितने बेमुरव्वत हैं वे? मैं जब पूछती हूँ कि मुझसे ये बेवफ़ाई क्यों? तो इन्द्र महाराज गाते हैं–

*हम बेवफ़ा हरगिज़ न थे पर हम वफ़ा कर न सके।*

शिवप्रिया रोते-रोते छाती पीटते हुए बोली, 'हाय-हाय कैसा बेशरम पति है? तू नहीं और सही, और नहीं और सही।"

"प्रभु तब मैं कमल पर आसीन राजा इन्द्र के पास गयी, पूछा क्यों अपनी पत्नी को छोड़ रहे हैं? तो उस राजा इन्द्र ने कहा, मीराबाई, कहाँ छोड़ा है? एक तरफ़ है घरवाली, एक तरफ़ बाहर वाली। इधर घर वाली शिवप्रिया की डिमांड बहुत बढ़ गयी थी। उधर नेकापा जैसी हाई-फाई लेडी ने ख़ुद प्रपोज़ किया तो एक्सेप्ट करना तो बनता ही था, वरना सुन्दरता का अपमान होता।"

"तब मैंने कहा, उसकी सुन्दरता तो केवल तन की है। देवों के देव ने कमल पर मुद्रा बदलते हुए बड़े अन्दाज़ में कहा, "दाग तो चाँद में भी है। पर फिर भी लोग उसे पूजते हैं। मीराबाई अब ज़रा रिक्वेस्ट है, आप अपना सत्संग कहीं और कर लें, हमें घरवाली, बाहर वाली और गली वाली को टैकल करने की स्ट्रेटेजी बनानी है।"

"ऐसा कहा उन इन्द्र महोदय ने, तुमने कुछ कहा क्यों नहीं?"

"प्रभु मैं निकल तो ली पर कबीर भाई का ये दोहा उन्हें चलते-चलते सुना

दिया–

*चलती चाकी देख के दिया कबीरा रोय,*
*दो पाटन के बीच में साबुत बचा न कोय।*

"मीरा ये कितने भी पाटों के बीच फँसें, साबुत बचे ही रहते हैं, पर चलो अच्छी पाचक ख़बर थी, जल्द ही अगली ख़बर के साथ मिलना।"

(महाराष्ट्र की राजनैतिक पार्टियों के उस समय के त्रिकोण पर आधारित)

# सैंया भये कोतवाल अब डर काहे का!

प्रभु जब मीरा के अंगना पहुँचे, वे हारमोनियम के साथ कुछ गा रही थीं।

*मज़हब नहीं सिखाता आपस में बैर रखना।*
*चलो संग हमारे प्रेम की डगरिया।*

"मीरा क्या गा रही हो?"

"प्रभु हमारे शासक जो भूल गये हैं, वही गा रही हूँ।"

"ऐसा क्यों कह रही हो मीरा?"

"क्योंकि पहली बार किसी और देश के राष्ट्रपति ने भारत के प्रधानमन्त्री को धार्मिक समभाव को लेकर नसीहत दी है। कितने प्यार से शक्कर की चाशनी में लपेटकर कुनैन की गोली खिलाई। यह कहकर देश को धर्म के नाम पर नहीं बाँटना चाहिए। चाय पर चर्चा में गलबहियाँ तो कीं, पर प्यार से शिकायत भी कर दी, देखो दोस्त, लोग तुम्हें कट्टर कह रहे हैं, मुझे अच्छा नहीं लगा।"

"हमें क्या लेना-देना इस बात से मीरे?"

"कैसे न हो प्रभु! देखिये ना सब आप ही के नाम पर तो हो रहा है। वो भी अमरीका के राष्ट्रपति ने नसीहत दी!

"तब तो शोचनीय मुद्दा है।"

"सचमुच प्रभु।"

"मीरा मुझे भगवान कहलाने में भी शर्म आने लगी फ़ायदा अपना करना हो तो भी लोग कहते हैं, भगवान के लिए ऐसा कर दो! स्वयं सामने वाले को गाली देंगे, पर सामने वाला देगा तो कहेंगे भगवान के लिए गाली मत दो! हर बुरे काम में मुझे घसीट लेते हैं! भगवान और अल्ला के नाम पर लोग भीख माँगते हुए कहते हैं, कहते हैं तू एक पैसा देगा वो दस लाख देगा। मीरा, जनसंख्या का ऐसा विस्फोट हो गया है, अगर मैं सबको दस लाख देता गया तो...?"

"बात तो चिन्तनीय है और प्रभु गये एक पैसे के ज़माने, अब तो कोई पाँच, दस रुपये दे तो कहते हैं रख ले अपने पास!"

"मीरा उससे ज़्यादा चिन्ता तो इस बात की है, भगवान और अल्लाह के नाम पर ख़ून-ख़राबा करते हैं। इन्सान ख़त्म हो गया है, अब मिलते हैं हिन्दू, मुसलमान, ईसाई, दलित, जैन और न जाने क्या-क्या। कोई कहता है अल्लाह बड़ा, कोई कहता भगवान। धर्म के नाम पर मछली बाज़ार लगा लिया है, कुत्ते-बिल्ली की तरह लड़ रहे हैं, रस्सा खींच प्रतियोगिता हो रही है। अलग-अलग धर्म अपनी-अपनी तरफ़ रस्से को खींच रहे हैं। उठापटक मची है, लोगों के तन ही नहीं मन भी लहूलुहान हो रहे हैं। इन्हें कैसे समझाया जाये, इस लड़ाई में हमारी बारा बजती है।"

"प्रभु इसीलिए तो मैं प्रेम के गीत गाती हूँ कि भटके हुए ये लोग तथाकथित धर्म के चंगुल से निकल कर प्रेम की डगर पर चलें। इतिहास पढ़ा तब जाना, अंग्रेज़ों ने डिवाइड एंड रूल नीति के तहत हमेशा हिन्दू-मुसलमान को लड़ाया।"

"उन विदेशी शासकों की जगह देशी शासकों ने ले ली है। कितने मासूम इन दंगों में मरते हैं। मीरा हमें तो इन लोगों ने विलेन बना डाला है। हमें कठपुतली बनाकर रख दिया है, जब जिसका मन जैसा होता है, नचाना आरम्भ कर देता है। सच में सत्ता पर आसीन टोपीधारियों पर क्रोध आता है। टोपी पहनकर सबको टोपी पहनाने में ही लगे रहते हैं।"

प्रभु का ग़ुस्सा सातवें आसमान पर था मीरा जानती थीं, उनकी सेहत को ही नुक़सान पहुँचेगा, भगवन, भगवन करने वाले उनसे हर समय माँगने वाले उन्हें जब ज़रुरत पड़ेगी तब काम आयेंगे क्या, दरिद्र को नारायण कहते हैं, पर जब उनके द्वारे दरिद्र के रूप में नारायण जायेंगे तो उन्हें दुत्कारेंगे।

मीरा ने वातावरण को कुछ हल्का करने का प्रयास किया, प्रभु अब टोपी कहाँ पहनते हैं, अब तो ये डिज़ाइनर और ब्रेंडेड कपड़े पहनते हैं।

प्रभु ने भी अब मुस्कुराकर कहा, "बेचारे क्या करें, अब खादी पहन नहीं सकते अब खादी महँगी जो हो गयी है!"

"प्रभु काश महँगाई की मार इन्हें भी कभी सताती! ये तो सत्ता में पहुँच कर बादशाह बन जाते हैं। बेल तो बेल तूमड़ी के भी पर निकल आते हैं, सत्ता मिलते ही ठुमक-ठुमक कर इनके चमचे गाने लगते हैं, सैंया भये कोतवाल अब डर काहे का। इन्हें लगता है हमारे सर पर तो सत्ता का हेलमेट लग गया, मारो दूसरों के सरों पर डंडे, अब डर काहे का? विपक्षी हाथ से निकली सत्ता के लिए खिसियानी बिल्ली की तरह भड़काने में लगे रहते हैं। प्रभु एक बात समझ नहीं आती गाय मन्दिर के सामने और सूअर मस्जिद के आगे ही क्यों मरते हैं?"

"मीरा, ये सब राजनीति की चालें है, सब इनका किया-धरा होता है जनता को ही तो समझना होगा धर्म की जुगाली ये नेता अपने वोट बैंक के लिए करते हैं, पता एक रात मैंने क्या देखा?"

"क्या देखा प्रभु"

"उस रात को मुझे नींद नहीं आ रही थी तो मैं बाहर चहलक़दमी के लिए निकल गया था, तब मैंने देखा, कैसे कुछ हिन्दू नेता मन्दिर के सामने गाय कटवा कर फिंकवा रहे थे, रास्ते में ख़ुदा मिल गये बोलने लगे, अभी मस्जिद के आगे कुछ मुस्लमान सूअर डाल गये हैं।"

"फिर...?"

"फिर क्या मीरा...आपस में लड़ने मरने लगे, कुछ बेकसूरों को वैसे ही मार दिया, लड़कियों, औरतों को...और बता नहीं सकता क्या-क्या देखना पड़ा किन्तु ये नेता अपने महलों की ऊँची खिड़कियों से दूर से कुटिल मुस्कान के साथ ये नज़ारा देखते हुए अपनी पकड़ कुर्सी पर मज़बूत करते ख़ुश होते रहे।"

दुःख के साथ मीरा ने कहा, "प्रभु आप सर्वशक्तिमान हैं फिर...कैसे...!"

कुछ देर मौन के बाद ठण्डी श्वास के साथ भरकर ख़ुद पर जैसे हँसते हुए प्रभु बोले, "हमारी शक्ति मूर्तियों में बन्द कर दी, ख़ुदा को आयतों में बन्द करके न जाने कितनी मनगढ़न्त कहानियाँ फैला दीं।"

इसी वार्तालाप के दौरान अचानक पता चला, बेचारी गाय माता के नाम पर दंगा भड़क उठा, कृष्ण दुःख मिश्रित आक्रोश से बोल उठे मेरी बचपन की साथी, गाय अपनी इस पहचान से कितनी दुखी है, कि दंगो में उस पर भी एफ आई आर होती है, वह चुपचाप बैठी घास की जुगाली कर रही होती है, उसके मुँह से शब्द निकलते दिखा दिये जाते हैं। जैसे वह कह रही है, मारो-काटो!"

"प्रभु, सत्ता में रहकर ये पार्टियाँ ख़ूनी दंगल खेलती हैं। इतिहास के पन्नों पर कई काली तारीख़ें दर्ज़ हैं जैसे सन् 84 में सिक्खों का क़त्ले आम, 92 में बाबरी मस्जिद का ढहना फिर गोधरा काण्ड, कहीं हिन्दुओं कहीं मुसलमानों, कहीं दलितों की हत्या! प्रभु क्यों? सिर्फ़ सत्ता के लिए? इन्हें आप कभी माफ़ न करें!"

अब प्रभु को लगा उन्हें शान्त करते-करते मीरा ही आक्रोश में आ गयी हैं ।

"इतना आक्रोश अच्छा नहीं, तुम तो प्रेम की डगर पर चलती हो मीरे।"

"क्या करूँ प्रभु, जितना प्रेम फैलाना चाहती हूँ, देखती हूँ नफ़रत उससे कहीं ज़्यादा फ़ैल रही है।"

"मीरे वो तो होना ही है, क्योंकि एक तरफ़ से कट्टरवादी हिन्दू फरमान, दूसरी ओर मस्जिदों से आने वाले मानवता विरोधी फरमान कहीं कट्टरवादी हिन्दू पार्टियां तो कहीं एम आई एम जैसी कट्टर मुस्लिम पार्टियाँ। मीरा तुम तो आम जनता के बीच जाती हो, वो क्या कहती है?"

"इस देश की जनता कह रही है, नेताओ मुद्दों की बात करो धार्मिक कट्टरता की नहीं, नेताओ हमारी अनदेखी मत करो। नेताओ घूसखोरी और महँगाई को कम करो, नेताओ ख़ुद की विदेश यात्राएँ कम करके देश में रोज़ी-रोटी के अवसर बढ़ाओ। अब अगर आम आदमी पार्टी सचमुच आम आदमी की पार्टी है तो धर्म को कभी अफीम की तरह इस्तेमाल न करे। मुद्दों की बात करे, नीतियों की बात करे, देश के विकास की बात करे, हर आदमी की बेहतरी की बात करे, पर यहाँ तो अपनी डफली अपना राग।"

"मीरा तब तो तुम्हारे गीत भी अलग तेवर के होने चाहिए। इन तथाकथित कर्णधारों से, कवि धूमिल की तरह इन अनुत्तरित प्रश्नों के जवाब माँगो–

'एक आदमी रोटी बेलता है,
एक आदमी रोटी खाता है,
तीसरा आदमी भी है,
जो न रोटी बेलता है न खाता है
वह सिर्फ़ रोटी से खेलता है,
यह तीसरा आदमी कौन है,
मेरे देश की संसद मौन है।' "

मीरा ने गीत की प्रति ली, और प्रेस कॉन्फ्रेंस के लिए फ़ोन किया, प्रभु सोच रहे थे क्या मीडिया वाले मीरा को एंटरटेन करेंगे?

# होंठों पे मुहब्बत के फ़साने नहीं आते

*हेरी मैं तो प्रेम दिवाणी, मेरो दर्द न जाणे कोय।*
*सूली ऊपर सेज पिया की, किस विध मिलणा होय।*

"मीरा क्या बात है बहना? इतना दर्द क्यों समाया है आज तुम्हारे गीत में और आँखों से ये अश्रु धार!"

"इस धरती पर प्रेम में विकृति देखकर दुखी हूँ कबीर भैया। आत्मा से आत्मा का प्रेम तो खो चुका है। अब कोई किसी से सच्चा प्यार नहीं करता है। मेरा अन्तर्मन घायल है।"

मीराबाई को हँसाने के लिए इन्होंने कहा, "अरे वो तो आज ही मुझे मिला था, जब मैं बुनकर के पास गया था।"

मीरा ने जैसे सुना ही नहीं, अपनी धुन में कहती रही, "बस सब शरीर के स्तर पर सिमट गया है। साहित्य, संस्कृति, राजनीति, शिक्षा, फ़िल्म, थिएटर हर क्षेत्र में प्रेम सम्बन्ध पानी के बुलबुलों की तरह बनते और समाप्त होते हैं। लव रिलेशंस अब डिमांड और सप्लाई के फंडे पर बन रहे हैं। कबीर भइया पहले कैसी लगन लगती थी प्रेम की, सब छोड़-छाड़ निकल लेते थे प्रेमी। अब क्यों नहीं मिसाल मिलती हीर राँझा, लैला मजनूँ, रोमियो-जूलिएट?"

"बहन नयी पीढ़ी गँवाने के लिए प्रेम थोड़े ही करती है, क्या फ़ायदे होंगे यह सोचकर प्रेम सम्बन्ध बनाये जाते हैं भई। वैसे मीरा अब तो तुम वहाँ साहित्यकारों के बीच में भी उठती-बैठती हो, उनसे कहो, इस विषय में लिखें।"

"किससे कहें भैया? अब तो बड़ी-बड़ी कुछ तथाकथित लेखिकाएँ भी बाक़ायदा विद्यार्थियों के बीच कहती हैं, प्रेम को सीढ़ी बनाकर सफलता के मुकाम तक पहुँची और प्रेम भी कौन-सा!...साफ़ कहती हैं 'शारीरिक'। अगर नाम कमाने के लिए कुछ समझौते करने पड़े तो क्या बुराई है? मैंने किए हैं।"

"कल यह चर्चा सरेआम थी कि लेखक समुदाय ही कमोडिटी बन जाये तो, स्थिति शोचनीय है। उन्हें कोई कुछ कहता नहीं मीरा?"

"क्या कहूँ, कहने में ज़ुबान साथ नहीं दे रही।"

"मीरा कह लो, दिल हलका हो जायेगा।"

"भैया कुछ कहने पर वे कहती हैं, मेरा शरीर मेरा है, किसी की दखलन्दाज़ी सहन नहीं होगी।"

"बहन आजकल फास्ट, फ़ूड जैसे तो प्रेम सम्बन्ध बन रहे हैं।"

संयमित होकर वे बोलीं "अभी हाल में दो महिलाओं को कोर्ट ने सज़ा सुनाई। वे कह रही थीं कि जिस पुरुष के साथ वे इतने साल से रह रही थीं उसने उनका बलात्कार किया।"

"बहन तो जब पहली बार ही पुरुष ने उनके साथ बलात्कार किया तभी वे कोर्ट में क्यों नहीं गयीं? मीडिया को ऐसे वाक़ये अच्छा ख़ासा मसाला दे देते हैं। पहले जो वी टू आर वन गाती थीं। जब लगा कि यहाँ दाल नहीं गल रही, मीटू-मीटू चिल्लाने लगीं। कौन किसे छल रहा है, पता ही नहीं चल रहा बड़ी उलझ गयी हैं सब बातें, है न बहन!"

"कबीर भाई आप ही कहते हैं न, जल में कुम्भ है कि कुम्भ में जल है?"

"बहन सीधी भाषा में बताता हूँ, कल एक लेखक महोदय मिले थे, एक महिला दोस्त बनी, उन्होंने उसे प्रसिद्धि का अमृत चखा दिया, अमृत पान के बाद इन महाशय को ब्लॉक ही कर दिया, वे देवदास बने कह रहे थे–

*जब वे नामालूम सी थे शख़्सियत,*
*हमसे दोस्ती वो बढ़ाते थे,*
*वक़्त, बेवक़्त भी हमसे बतियाना,*
*कहना चलो न कहीं पे चलते हैं,*
*पर जब से नाम के बड़े वो हो गये*
*कुछ बड़ों के बीच मशहूर वो हो गये,*
*तो बिना हमारे ही महफ़िलें अपनी वो सजाते हैं,*
*पहचानते भी नहीं हमें,*
*गले मिलना तो छोड़ो यारो,*
*नज़रें मिलाने से भी वो कतराते हैं।"*

"कबीर भाई वही तो झोल है न, अब अगर कोई मुझे कहे मीरा मैं तुम्हें बहुत बड़ी सिंगर बना दूँगा। चलो मेरे से प्रेम कर लो। अब मैं प्रेम करूँ न करूँ मेरी मर्ज़ी! वो बलपूर्वक तो मुझसे प्रेम करा नहीं रहा न! अब जैसे मयूर खंडारकर ने नीति जैन से क्या कहा, क्या न कहा वो जाने। कुछ सालों तक अपना मन सौंपा या नहीं ये भी वो ही जाने, हाँ तन सौंपा। बाद में प्रेस कान्फ्रेंस करके कह रही है कि बलात्कार होता रहा।"

कबीर ने कटाक्ष के साथ कहा, "मीरा लेकिन पुरुष ने छल तो किया न। उसने झूठ तो कहा न हीरोइन बनाऊँगा और फिर बनाया नहीं। फँस गयी उसकी बातों में!"

"ये तो एक पहेली बन गयी है। छली जाती हैं, या सिक्के का दूसरा पहलू भी है कबीर भैया आजकल कई स्त्रियाँ पुरुष का पैसा, रुतबा, काबिलियत देखकर 'सो-कॉल्ड' प्रेम करती हैं। बल से यदि उनके बीच कुछ हुआ हो तो वह ग़लत है। पति भी पत्नी की मर्ज़ी के विरुद्ध करे तो वह सज़ा का हक़दार पर अगर ख़ुद महिला कमोडिटी बनने को तैयार हैं, तो दोष किसका है? शार्ट कट अपनाकर रातों-रात ग्लैमर, शोहरत हासिल करने के लिए ख़ुद डिश बनकर परस जाना, फिर जब लगे यहाँ तो हाथी के दाँत खाने के और दिखाने के और हैं तो बाबा योगदेव की तरह से गुलाटी मार लेना, स्वार्थवश, सदिच्छा से बनाये सम्बन्ध को बलात्कार का नाम देना..."

"हूँ...मीरा इससे एक बड़ी कंसर्न पैदा हो गयी, महिलाओं के हक़ में जो नियम-क़ानून बड़ी मुश्किल से बन रहे हैं, ये शातिर महिलाएँ अगर अपने फ़ायदे के लिए यूँ तोड़-मरोड़ दें तो जो सचमुच प्रताड़ित हैं उनका नुक़सान होगा।

ऐसे में अत्याचार करने वालों के ज़हन से क़ानून का ख़ौफ़ निकल जायेगा।

सच्चा प्रेम शंका के घेरे में है। आजकल अगर सच्चा प्रेम होता तो बशीर बद्र क्यों लिखते–

*होंठों पे मुहब्बत के फ़साने नहीं आते...*
*दिल उजड़ी हुई सराय की तरह है*
*अब लोग यहाँ रात जगाने नहीं आते।"*

"कबीर भाई मैं सोचती हूँ कि पहले फिजिकल लव करके उसे रेप कहने वाली महिलाओं को एक प्रसिद्ध शायर अभिनेत्री की एक नज़्म की चन्द पंक्तियाँ सुना कर आऊँ–

*किनारा मिला था*
*किसी झील का ख़ामोश सा*
*और मैंने तुम्हारे हाथों को छू कर*
*सिर्फ़ महसूस किया था वो लम्हा"*

"मीरा क्या हुआ? आँखों में आँसू?"

"अपने लिए बने इन नियमों का दुरुपयोग करने वाली ये सो-कॉल्ड सम्भ्रान्त महिलाएँ मुझसे कहा करती हैं, मीराबाई, आपके मुँह से ये सुधारवाद की बातें शोभा नहीं देती हैं। आप कृष्ण के प्रेम में पागल इसलिए थीं न क्योंकि कृष्ण का मथुरा, द्वारका में राज्य था, बड़ी प्रेस्टीज़ थी, गोकुल में भी आधी प्रॉपर्टी उन्हीं की थी। चित्तौड़ में तो आप राणा की कई रानियों में से एक थीं।"

"जाकी रही भावना जैसी प्रभु मूरत देखीतिन तैसी। मीरा पोंछ लो अपने आँसू। एक प्रोफ़ेसर साहब ने ऐसी ही महिलाओं के लिए कहा था–इस आँचल से इक परचम बना लेती तो अच्छा था।"

अपने आँसू पोंछते हुए मीरा ने कहा, "चलिए भाई चलें आगे की मुहिम पर!"

# पड़ी कलेजे छेक...

"मीरा बहन, ये क्या? तुम्हारे हाथ में झाड़ू! और ये भी कैसी अजीब सी झाड़ू है?"

"कबीर भाई ये डिज़ाइनर झाड़ू है। आजकल बड़े-बड़े मन्त्री, अधिकारी, सेलिब्रिटीज झाड़ू के साथ फ़ोटो खिंचा के गौरवान्वित होते हैं। लेकिन आपके होंठो पर ये व्यंग्य भरी मुस्कान क्यों?"

"बहना सोचता हूँ, अब ये जुलाहे का काम छोड़कर, झाड़ू बनाने का काम करने लगूँ, तुम्हारी बात से समझ में आ रहा है, भारत देश में झाड़ू स्टेटस सिंबल बन गयी है।"

"हाँ, कबीर भाई पहले एक राजनैतिक पार्टी ने झाड़ू को अपना चुनाव चिह्न बनाया था तो पूरी प्रजा झाड़ू लेकर क्रान्ति की राह पर निकल पड़ी थी। जिससे बरसों पुरानी सत्ताधारी पार्टी की सफ़ाई हो गयी। आँसू बहाते हुए, पंजा उठाये उनके जत्थे गाते हुए निकले–

*बड़े बे आबरू होकर राजनैतिक कूचे से हम निकले।*

"पर जिस पार्टी ने सफ़ाईकर्मी बनकर यह पुण्य कार्य किया था, उनकी झाड़ू को तोड़-ताड़ दिया गया। अब नयी झाड़ू कमल के फूल के साथ सजकर आ गयी। वज़ीरे आज़म का स्वच्छ भारत अभियान मीडिया की सुर्ख़ियों में छा गया। पहले झाड़ू वाले को देखकर रास्ता बदलने वाले अब उनसे हाथ जोड़कर झाड़ू लेने लगे। समाचार पत्र बड़े-बड़े उद्योगपतियों, कॉमेडियंस, ट्रेजेडी किंग्स, इन शार्ट, बोले तो, सारी सेलिब्रिटीज़ की फ़ोटुएँ छापने लगे। चैनलों में झाड़ू लिए हुए सेलिब्रिटीज़ को शूट करने की होड़ मच गयी। झाड़ू नयी फ़ैशन एक्सेसरीज़ के तौर पर उभरी है। कुछ सेलिब्रिटी महिलाएँ अब पर्स और क्लचेज़ के ब्रांड छोड़ कर झाड़ुओं के ब्रांड्स ढूँढ़ रही हैं वो दिन दूर नहीं जब बड़े-बड़े मॉल्स में सिर्फ़ झाड़ुओं के स्टोर्स होंगे।"

"कबीर भाई, आपको एक राज़ की बात बताऊँ, पिछली बार मैं ऐसे ही हाई-फाई लोगों के स्वच्छता अभियान में आमंत्रित थी, जब तक कैमरे सामने थे ये सो कॉल्ड महापुरुष और वीरांगनाएँ न्यू ब्रांड झाडुओं से बड़ी नज़ाकत के साथ अभिनय की मुद्राओं से झाड़ू लगा रहे थे। जैसे ही कैमरे हटे, सबने झाड़ू एक ओर फेंकी, सेनिटाइज़र से हाथ धोये और मन ही मन जो उन्होंने बोला मुझे कन्वे हो गया। उनके मन की बात थी।"

"बहन क्या कन्वे हुआ?"

मीराबाई ने व्यंग्य के साथ कहा यही कि "सारे मीडिया पर छा गये हम तो!"

"मीरा गांधी जी के सपने का यह हश्र हो रहा है!

"भाई, हॉलीवुड के डायरेक्टर्स ये सोच-सोच कर चिन्तित हैं कि अगर कहीं लोगों ने स्वच्छता अभियान को दिल से अपना लिया तो भारत की गन्दगी के साथ वो फ़िल्में कैसे बनायेंगे, कैसे ऑस्कर झटक पायेंगे। हॉलीवुड में भारत का मल- मूत्र दिग्न्ने पर ऑस्कर मिलता है। अगर झाडुओं का उत्पादन इतना हुआ, मीडिया सेलि॰ टीज़ को झाड़ू लगाते हुए दिखाने की होड़ में रहेंगे, तो भारत देश से गन्दगी का उन्मूलन हो जायेगा, यहाँ पर गन्दगी ढूँढ़ते रह जायेंगे। पर बिचौलियों ने उन्हें कह दिया है, उनकी चिन्ता निरर्थक है।"

"मीरा आँखों देखी कहने आयी हो तो, 'बिटवीन द लाइन्स' भी पढ़ना सीखो ज़रा। जो दिखता है, वो होता नहीं, जो होता है वो दिखता नहीं, घूँघट के पट खोल रे तोहे पिया मिलेंगे।"

"मतलब क्या कबीर भाऊ?"

"तुमने देखा नहीं, उन नर्सों और कर्मचारियों के आँसू जिनके मेडिकल सुपरिंटेंडेंट ने स्वच्छता अभियान को उन पर कहर की तरह बरपा रखा है। उन्हें सुबह सात बजे

आना पड़ता है, झाड़ू लगाना पड़ता है। वे सब घर से नहा धोकर आते हैं। नर्सें तक अस्पताल में झाड़ू लगाती हैं, फिर उन्हीं कपड़ों में मरीज़ों के वार्ड में जाती हैं, जिनसे इन्फेक्शन होने का डर रहता है। यानि यह स्वच्छता अभियान बहुत से लोगों के गले की फाँस बन गया है।"

"मैं समझी नहीं भाई, अब हमें क्या करना चाहिए?"

"मीरा तुम एक काम करो देश के वज़ीरे आज़म के पास जाकर उन्हें उन सभी लोगों की पीर से अवगत कराओ जो कह रहे हैं, दो अक्टूबर के बाद से सफ़ाई की पीर परबत सी हो गयी है। उन्हें एक राज़ की बात भी बता देना, भारत में झाड़ुओं की डिमांड देखकर चीन ने बहुत-सी झाड़ू बनाने की फैक्ट्री खोल ली हैं, अपने देश का धन देश में रहे इसके लिए वज़ीरे आज़म स्वदेशी झाड़ुओं का इस्तेमाल करें। और हाँ, ये भी बताना, सफ़ाई अभियान तभी सार्थक होगा जब लोग उसे दिल की गहराई से अपनायेंगे। मेरा यह दोहा उन्हें सुना देना–

*लागी लागी क्या करे, लागी नाहीं एक*
*लागी सोई जानिये, पड़ी कलेजे छेक।"*

मीराबाई ने भी एक ख़ूबसूरत झाड़ू ख़रीदी, और अभियान पर निकल पड़ीं।

*(2 अक्टूबर 2014 गांधी जयंती को स्वच्छता भारत अभियान की घोषणा की गयी थी, 2 अक्टूबर 2019 तक लक्ष्य प्राप्ति 50 लाख सरकारी कर्मचारियों ने प्रतिज्ञा समारोह में भाग लिया था।)*

# ई है इंडिया हमरी जान

"आप कौन बोल रही हैं?" प्रभु ने पूछा।

"कृष्णा गॉड हम मीराबाई बोलत हैं। ऊ का है न कि इंहा बहुत सारी बातें हमरा पेट मा उथल पुथल मचा रही हैं अउर जब तक हम ई सब बात का उलटी न कर दें, हमरा पेट मा बुलबुला उठते रहेंगे।"

"मीरा, तुम्हारी राजस्थानी भाषा को क्या हुआ? तुम ये बिहारी में बात क्यों कर रही हो? प्रभु ने पूछा और ये नम्बर किसका है?"

"कृष्णा गॉड का है न, पटना का मालू भैया बुलाये, वहई प्राइवेट नम्बर दिये है। हमसे कहे, मीरा बहनिया, अब अइसन है कि आजकल का इंटरनेसनल न्यूज़ तो आप जानती हैं, हमरा बिटिया का सादी नुलायम जी का बेटवा से हो रहा है। अब अइसे तो आजकल मीडिया में हम लोग पईसा लगा लगा के, लगा लगा के, कभी प्रितिस्वा के साथ, तो कबहुँ नुलायम जी का साथ चिपक-चिपक के, चिपक-चिपक के अउर लम्बी-लम्बी मुस्कान के साथ फोटु खिंचाय रहे हैं। पर ऊ ससुरा तोदी का क्रेज है कि कमई नहीं हो रहा है। अरे देखो अभी रुद्रव माकरे का पार्टी का तीन ठो विधायक सर पे कमलवा पहन कै घूमन लगे। हम अपना सोर्सेज से पता किया हूँ कि नमन महाराज, अमेरिका का पीआर कम्पनी हायर किया है। हम सोचे कि किसन भगवान अकेले ई कौरवन का हरा दिये, आप तो उनकी सबसे क्लोज़ भक्तिन हैं, आप ही पीआर अउर इवेंट कम्पनी खोली हैं। तो मीरा मैडम मना न करना, ई यादव सादी का सारा इवेंट और पी आर आपई को हैंडल करना है। रुपया पैसा का कौनो फिकर न करें। का हे कि जब खाना की जगह हम चारा खाए थे तब हम बहुत सा प्रॉपर्टी बनाया हूँ, नुलायम जी यू पी का ख़ूब दुहे हैं और अब प्रितिस्वा भी हमारे संग है।' "

"मीरा तुमने कुछ नहीं कहा?"

"प्रभु! हम पूछे न उनसे–पर वो हमेशा आपका साथ देंगे...भरोसा है? मालू जी आपको प्रितिस्वा जी ने बड़ा भला-बुरा कहा था, ये भी कहा था कि बिहार का विकास आपके कारण नहीं हुआ। अब आप लोग ही..."

"देखो मीरा मैडम, एक तो हमारा पी आर हैंडल करने के पहले अगर आप हमारी भोजपुरी सीख लेंगी तो हम कम्फर्ट झोन में फील करेंगे, काहे कि नमो नमन आजकल हिन्दी का बढ़ा रहे हैं, हम काहे नहीं अपना भोजपुरी को बढ़ायें? और देखिये ये राजनीति जो है, लुढ़क पट्‌टी का खेल है।"

" मालू जी...का मतलब, ई लुढ़क पट्‌टी का?"

"लुढ़क पट्‌टी, मतलब हम राजनीति वाला लोग का सरीर में गोल-गोल गेंद जैसा लगा रहता है। जिससे हम लोग लुढ़कता रहता है। जहाँ जादा मलाई दिखता है हमारा सरीर उसी डाइरेक्सन में लुढ़कने लगता है। वहाँ हमारा जानी दुसमन भी अगर लुढ़क के आया होता है तो हम दुस्मनी भुला के, गलबहियाँ करके सब मिल बाँट के मलाई खाता है। कभी जब लगता है, फलानि जगह फलाँ फलाँ को ही सब लोग मेवा मलाई दे रहा है, हमारा गेंद हमको वहाँ तक लुढ़का नहीं सकता तो हम दुसमन लोग मिल कॉर कार्टूनगिरी करके सबका ध्यान खींचता है, सतरंज के पासे पर अपना बेटा-बेटी को भी रखता है।"

"प्रभु तो हमने पूछा, इसलिए ये ब्याह कर रहे हैं? वो बोले–सही पकड़ी हैं।"

"पर मालू जी, भविष्य मा अगर फिर आपके और नुलायम जी का बीच बैर हो गवा तो?"

"मीराबाई, अब आपसे का छुपाना, जनता का दिखाने के लिए हम लोग एक-दूसरे पे गरियाता है, पर कैमरे का पीछे का कहानी दूसरी होती है। अच्छा तो आप जाकर ताबड़ी जी से मिल लें। जो मेहमानन के लिए रबड़ी, गुलाब जामुन बनवा रही हैं और हाँ आप भी 15-20 किलो ले जाइयेगा किसन जी के लिए। मिस्री माखन भी ले जाइयेगा। ना-ना कौनो चिन्ता न करें, काहे कि सब फरी [फ्री] का माल है। और हम जो बोले है किसी को ना कहियेगा।"

"मीरा तो तुम्हें मज़ा आ रहा है वहाँ।"

"हाँ कृष्णा गॉड, काहे ना आयेगा?"

"क्या अब तुम बिहार को ही निहारती रह जाओगी, तो फिर मेरे उस उद्‌देश्य का क्या होगा जिसके लिए कबीर के दोहों और साखियों का कॉपी राइट लेकर तुम धरा पर उतरी हो। समाज, देश, दुनिया और लोगों में फैली विसंगतियों पर तुम्हें अपनी क़लम चलानी है।"

"प्रभु ऊ..."

"मीरा तुम सुनो अभी भांडुप, बैंगलोर में 3-4 वर्ष की बच्चियों के साथ दुराचार। एक नेता ही अपनी पत्नी की हत्या के मामले में शक के दायरे में जिससे कि दो साल पहले ही शादी की थी। काले धन का हल्ला कितना! पर क्या कोई भी पार्टी उसे देश में लाने, यहाँ के ग़रीब लोगों का जीवन स्तर सुधारने के लिए गम्भीर है। तथाकथित बाबा और तान्त्रिक कर रहे हैं बलात्कार। क़लम की अभिव्यक्ति की सज़ा, फ्रांस में दी सज़ाए मौत। किसी घर में नाज़ों पली किसी की बेटी को पति के साथ-साथ ननद और सास भी प्रताड़ित कर रही हैं। अब भी क्यूँ महिला ही महिला की सबसे बड़ी दुश्मन होती है। समझाओ सबको और..."

"प्रभु हमको देर हो रही है, बाद में बात करें का?"

"मीरा तुम भी खरबूजी बन गयी?"

"का मतलब परभू!"

"उनके रंग में रंग गयीं? तुम्हें यहाँ अनुचित का विरोध करना है।"

"पर परभू अनुचित का है?"

"तुम कैसे नहीं समझ पा रही हो?"

"मीरा सत्ताधारी पार्टी एक ओर स्वदेशी का नारा लगा रही है। व्हाट्सएप पर

स्वदेशी को प्रचारित कर रही है लेकिन विदेशियों को व्यापार करने भारत बुला रही है। प्याज के भाव पर सरकार गिरी थी, अब क्या, जब आलू 50 रुपये किलो, सब्ज़ियाँ महँगी, दाल, नमक सब महँगा। हाँ बड़ी शक्तियों की आपस की लड़ाई में पेट्रोल कुछ सस्ता हुआ तो ग़रीब को पेट्रोल से क्या करना? अब तो बेचारे निर्धन जन दाल-रोटी खाकर मेरे गुण गाने लायक नहीं रहे मैं अपने सच्चे भजन सुनने को तरस गया हूँ।"

"परभू मीडिया सबकी कलई खोलता तो है ना, काहे परेसान हो रहे हैं?"

"मीरा मैं देख रहा हूँ, ये मीडिया वाले ख़ास कर इलेक्ट्रॉनिक मीडिया वाले भी उगते सूरज को नमन करते हैं। कितने पत्रकारों के पास तमाम ऐश, आराम और बेशुमार प्रॉपर्टी है। वो कैसे? समझ गयीं ना!"

अब मीरा अपनी सामान्य भाषा में प्रभु से बात करने लगीं–

"प्रभु मैंने भी एक मीडिया हाउस ज्वाइन कर लिया है।"

"तुम उनके बीच में जाकर उनके रंग में ना रंग जाना। तुम इनके बीच जाओ, पर वैसे जैसे साँप चन्दन से लिपटा रहता है, पर चन्दन ज़हरीला नहीं बनता है। वर्ना... ...समझदार को इशारा काफ़ी है।"

"जी प्रभु समझ गयी, आज्ञा दें, ताबड़ी भाभी बुला रही हैं।"

अब मीरा ताबड़ी जी के साथ बतिया रही हैं।

"हाँ तो भौजी, समधियाना में का भेज रही हैं? अच्छा ई नौलखा हार, अरे वाह, कहाँ से आया? ई इम्पोर्टेड गाड़ी, कौन दिया?"

मीरा सब नोट कर रही थी। उतने में विदेश से फ़ोन आया।

यहाँ से जवाब था, "हाँ हम इंडिया से मालू बोलता हूँ, हमको तो जानते हैं आप, हाँ-हाँ...इंहा इंडिया में अच्छा इत्र नहीं ना मिलता, अरे कुछ भी अच्छा नहीं ना मिलता, आप तो वहाँ से भेज दीजिए, पईसे का चिन्ता नहीं करियेगा, का धरा है इंडिया में? अरे आपका देस का तो पुछिये मत, का बात है!"

ताबड़ी भाभी बोली, "मीरा बहनी आपको इंडिया कइसा लगता है?"

"भाभी ई इंडिया हमरी जान है।"

फिर कुछ रहस्यमयी मुस्कान के साथ गाने लगीं–

*आनन्द मंगल गावो मोरी सजनी,*
*भयो प्रभात बीत गयी रजनी।*

# 'साधो ये जग बौराना'

मीरा समाचार देख रही थीं, अचानक विचलित हो गयीं, पाकिस्तान के पेशावर में आतंकवादियों ने एक स्कूल में मासूम बच्चों को मार डाला। उन्हें निदा फ़ाज़ली की पंक्तियाँ याद आने लगीं–

*घर से मस्जिद है बहुत दूर, यूँ किया जाये*
*किसी रोते हुए बच्चे को हँसाया जाये।*

पर इन दहशत गर्दों ने क्या किया? हँसते हुए बच्चों को रुला दिया, आतंक के साये में दहला दिया, ख़ून से उनको नहला दिया, हाय मौत की नींद सुला दिया।

प्रभु से सम्पर्क नहीं हो रहा था, तो उन्होंने सन्देश में लिखा–

प्रभु आज बहुत दुखी हूँ। आख़िर क्यों मार दिये गये वो मासूम बच्चे? आप उन्हें बचाने के लिए क्यों नहीं आये? अपने बालपन में भी तो आपने कितने राक्षस और राक्षसी को मार दिया था। पर वहाँ क्यों नहीं पहुँचे उन मासूमों को बचाने के लिए।

उनके माता-पिता पुकार-पुकारकर गुहार लगा रहे हैं, पर आप नहीं सुन रहे उनकी सदा?

प्रभु एक ही नूर के सब बन्दे हैं, तो फिर उन माताओं की, पिताओं की करुण पुकार क्यों नहीं सुन रहे हैं, जिनके जीवन की सारी मुस्कान, हँसी, ख़ुशियाँ कफ़न में लपेट दी गयी हैं। मासूम बच्चे कफ़न में दफ़न हो गये हैं। उनके सपने ताबूतों में दफ़न हो गये हैं। हाँ पता है, प्रभु आज मैं कबीर भाई की तरह बात कर रही हूँ, बहुत आहत जो हूँ। आज आपको जवाब देना होगा, आपने गीता में सन्देश दिया था ना!

*परित्राणाय साधुनाम् विनाशाय च दुष्कृताम्।*
*धर्म संस्थापनार्थाय सम्भवामि युगे युगे।*

द्वापर में कृष्ण बनकर, त्रेता में राम बनकर अधर्म का नाश किया था ना। अधम, अभिमानी बढ़े, तब आपने मनुष्य शरीर धारण किया था। किन्तु अब क्यों

नहीं नाश करते अधर्म का? प्रभु विसंगतियों तक तो ठीक है किन्तु इस दानवता का मैं कैसे विरोध करूँ, सर्वशक्तिमान नहीं मैं! क्षमा चाहती हूँ प्रभु पर अब तो आपके नाम पर ही दंगे हो रहे हैं!

उस समय आप तुरन्त अवतरित हो गये थे। अधर्म का विनाश भी कर रहे थे, अधर्मियों ने आपके बन्धु बान्धवों को सताया था, क्या इसलिए? कंस ने आपके माता-पिता को बन्दी बनाया था। तो आपने कंस का वध कर दिया। अर्जुन आपके बहनोई थे, द्रौपदी आपकी मुँह बोली बहन थी तो क्या इसलिए आपने उनका साथ दिया। राम के रूप में रावण को इसलिए मारा, वह आपकी पत्नी सीता को हर कर ले गया था। तो रावण के पूरे कुल का ही नाश कर दिया। जब लोग मुझे आपके नाम पर ताना मारते हैं, तो दिल छलनी होता है।

प्रभु अनेको उदाहरण हैं, कहाँ तक कहूँ। आप पर लगे आरोपों का कैसे सामना करूँ? आप तो सबके पालनहार हैं। जवाब दीजिए प्रभु उन मासूमों के मृत शरीर देखकर क्या आपकी आत्मा को दुख नहीं पहुँचा। धर्म संस्थापना की आपकी बात पर मेरे मन में अनेको प्रश्न खड़े हो रहे हैं। कल ही कुछ बुद्धिजीवियों की गोष्ठी में तमाम प्रश्न उठे थे। मैं वो सारे कटु प्रश्न आपके समक्ष रखने पर विवश हूँ! पहले राम ने रावण की बहन शूर्पणखा की नाक काटी थी, इसलिए रावण ने सीता का हरण किया था। पर कभी उनकी मर्यादा भंग नहीं की। द्रौपदी ने कौरवों को अन्धे की सन्तान अन्धी ही होगी कहकर अपमानित किया। किसे गुस्सा नहीं आता। कर्ण को सूतपुत्र कहा। प्रभु उन्होंने तो अपने सम्मान की लड़ाई लड़ी थी। सब यहाँ ऐसा कहते हैं, आपने पाण्डवों का साथ क्यों दिया। सुग्रीव का

साथ देते हुए बाली को धोखे से मारा। मैं भटक रही हूँ प्रश्नों की भूलभुलैयाँ में, समाधान करें प्रभु!

मौन तोड़ें, बतायें अब जब धर्मान्ध लोग निर्दोषों को मार रहे हैं। जेहाद के नाम पर क़त्लेआम कर रहे हैं। छोटे-छोटे बच्चों को मार रहे हैं, तब आपका सुदर्शन चक्र क्यों नहीं चल रहा?

क्षमा चाहते हुए कहती हूँ, निदा फ़ाज़ली जैसे शायर अच्छे हैं, जो उन्हें लताड़ते हुए कहते हैं–

*नमाज़ी उठ-उठ कर चले गये मस्जिदों से,*
*दहशत गर्दों के हाथ में इस्लाम रह गया।*

प्रभु क्या आपने भी इन्सान को हिन्दू और मुसलमान में बाँट दिया। बच्चे सरहद के पार के ही सही, होते भगवान का रूप है। किसी के दिल का सुकून हैं। आओ प्रभु फिर एक गीता का ज्ञान दो। समझाओ सभी को...

*दिलेरी का हरगिज़ यह काम नहीं है*
*दहशत किसी मज़हब का पैग़ाम नहीं है।*
*तुम्हारी इबादत, तुम्हारा ख़ुदा तुम जानो*
*हमें पक्का यक़ीन है, यह कतई इस्लाम नहीं है।*

प्रभु सन्देश देख तो रहे थे, पर जवाब नहीं दे रहे थे। मीरा ने देखा प्रभु नहीं आ रहे, तो कबीर भाई को बुलाया।

"भाई आप कहते थे ना–साधो ये जग बौराना। सचमुच बौरा गये हैं लोग। धर्म के नाम पर वहशीपन कर रहे हैं।"

कबीर भी दुखी होकर कहने लगे, "क्या तेरा साहिब बहरा है?"

मीरा चुप थीं, क्या कहें?

सोचकर दुखी थीं–

"सुबह की ओस से कोमल बच्चों को भून डाला गया। कहीं बच्चे अपहरण और बलात्कार का शिकार हो रहे हैं। और कहीं उन्हें खिलने के पहले ही मसल डाला जा रहा है। कहीं तथाकथित धर्म के हथियार से मार रहे हैं नौनिहालों को।"

"मीरा अब समझ में आया, मैं क्यों कहता था? काकर पाथर जोड़ कर मस्जिद लई बनाय, और पाहन पूजे हरि मिले तो मैं पूजूँ पहार। मन में ईश्वर है नहीं और धर्म का डंका पीट रहे हैं। देखो 141 बच्चों की माँओं के हाथों के जलते अंगार बयाँ कर रहे हैं, उनके सीने के दुख को!"

"कबीर भाई पिताओं के दिल के छाले भी तो देखिए। मरहूम बच्चों के पिता अब अपने जूते देखते हैं तो सोचते हैं, उन जूतों में बड़ा होकर अब कौन पैर डालेगा? उन बहनों के आँसुओं को कौन पोंछेगा, जो बारिश में अपने भाई के साथ पानी में अब काग़ज़ की कश्ती नहीं चला पायेंगी। उन भाइयों के अकेलेपन को कौन दूर करेगा, जिनकी बहन अब अपनी चोटी खिंचवाने के लिए ज़िन्दा नहीं बची। कबीर साहिब आप ही कुछ करो जाकर समझाओ उन पाकिस्तानियों को भी। उनके आकाओं के सोये ज़मीर को जगाओ। आप तो कभी किसी सुल्तान से भी नहीं डरे। आप ही कर सकते हैं ये काम।"

"मीरा डर की बात नहीं बहन, पर इन्सानियत बची हो तो कुछ कहूँ उन्हें।"

"कबीर भाई हिन्दुस्तान में भी पेशावर के इस घिनौने कृत्य पर आँख नम है। होनी भी चाहिए, आस्तीन में आतंक का साँप ना पालें, नहीं तो धीरे-धीरे घुन की तरह उन्हें भी खा जायेंगे दाऊद, सईद जैसे ये।"

"मीरा उन्हें यह समझाना पड़ेगा। अपनी हथेली पर अंगार रखकर तुम भारत को जलाना चाहते हो। क्या ख़ुद तुम्हारी हथेली नहीं जल रही?"

"कुछ कीजिए कबीर भाई।"

"बहन कोशिश करता हूँ, पर..."

"पर क्या भाई?"

"ये इतने चिकने घड़े हैं कितना भी पानी डालो टिकता ही नहीं। मीरा बहन मैं तो खरी-खरी कह देता हूँ, और भड़क गये तो, शायद तुम्हारे मधुर गीत कुछ बदल सकें।"

"कबीर भाई ये तो समझायें एक ही माँ के दो बच्चे हैं, एक ही नूर के सब बन्दे हैं, जानती हूँ, सालों पहले भी सब आपस में लड़ रहे थे, जब आपने ढाई आखर प्रेम की बात की थी।"

बिना कुछ जवाब दिये उदास और चिन्ता में डूबे कबीर चल दिये।

प्रभु की राह देखते थक गयी, सोचने लगी सम्भवत: कहीं भागवत हो रही होगी, वे स्वयं जाने का उपक्रम कर रही थीं कि दरवाज़े पर दस्तक हुई, प्रभु ही थे। मीरा उन्हें कुछ उलाहना देने ही वाली थीं, देखा प्रभु की आँखें कुछ गीली हैं।

"प्रभु आप!"

"हाँ मैं तुम्हारी पुकार नहीं सुन रहा था, उन बच्चों तक मैं जाना चाहता था, पर क्या करूँ कर्मकाण्डियों ने मुझे लगभग बन्दी सा बना लिया था।"

खोयी-खोयी सी मीरा ने पूछा–

"प्रभु हर वर्ष रावण का पुतला जलाया जाता है बुराई पर अच्छाई की जीत के प्रतीक के रूप में। बुराई इतनी निर्मम शक्ल लेकर बार-बार कैसे जन्म ले लेती है? क्या आसमान में रहकर आप भूल चुके इन्सानी रिश्तों को, अपनों को मारे जाने के दंश को? एक बार फिर जन्म लो प्रभु, जिओ इन्सानी रिश्तों को, चलाओ सुदर्शन चक्र आतंक के अन्त के लिए।"

"मीरे मैं इतना असहाय हो गया हूँ, मुझे कोई राह नहीं सूझ रही।"

"प्रभु आप ही यदि इस तरह सोचेंगे तो आपके भरोसे जो पीड़ित आस लगा कर रखते हैं उनका क्या होगा?"

प्रभु मौन थे। "कुछ तो कहें गिरधर गोपाल, आपने तो पूरे गिरिराज पर्वत को उठा लिया था, कंस के अत्याचार से मुक्ति दिलाई थी।"

"प्रभु की आवाज़ भर्रा गयी, "मुझे तो स्वयं हथियार बना लिया है। बाँट दिया हमें अलग-अलग खानों में।"

मीरा की उदासी और बढ़ गयी तब प्रभु ने उनके सर पर हाथ रखा, "अब तुम जैसे साहसी, मानव धर्म की आवाज़ उठाने वालों की आवश्यकता है मीरे तुम तो मेरी परेशानी दूर करने ही धरती पर आयी हो न!"

"क्या करूँ प्रभु?"

"समझाओ सभी को कि स्कूलों में भी सुरक्षा बढ़ाई जाये। मॉक ड्रिल करवाई जाये। मीरा तुम भूल गयी महाभारत की लड़ाई में भी शस्त्र अर्जुन ने उठाये थे। मैंने तो उसे अत्याचार के ख़िलाफ़ लड़ना सिखाया। यह बताया था कि अत्याचार करना यदि पाप है तो अत्याचार सहना भी पाप है।"

मीरा ने हाथ जोड़े, "प्रभु दुख और आक्रोश के अतिरेक में ना जाने अपको क्या-क्या कह गयी।"

"मीरा बच्चे अपने माता-पिता से ही तो शिकायत करते हैं। मैं ही माता, पिता, बन्धु, सखा हूँ। तुम्हारा अधिकार है। जाओ लोगों को हिम्मत दो। जाग्रत करो उन्हें। मैं हूँ सबकी साँसों में, सबकी आँखों में, मैं हूँ लेखक की सियाही में, क्रान्ति की आवाज़ में, आत्मा के साज़ में।"

यह सुनकर मीरा ने आँसू पोंछे। कबीर भाई की यह पंक्ति गुनगुनाते मीरा आगे चल दीं...

*मोको कहाँ ढूँढ़े रे बन्दे*
*मैं तो तेरे पास में।*

प्रभु ने ठण्डी श्वास छोड़ी और मन्द गति से अपने लोक को चल दिये। अब वे भी सोच रहे थे, मुझे धर्म के नाम पर ठगने वालों के चंगुल से निकलना चाहिए। अचानक ज़ोर-ज़ोर से भजनों की आवाज़ आने लगी। उन्होंने कानों पर हाथ रखा पर स्पीकर पर तेज़ बज रहे वे भजन उनका पीछा नहीं छोड़ रहे थे, एक ओर मस्जिद में स्पीकर पर अज़ान पढ़ी जा रही थी। पूरा वायुमण्डल ध्वनि प्रदूषण का शिकार हो रहा था।

*(पाकिस्तान के पेशावर में बच्चों के स्कूल में आतंकवादी हमला हुआ था। बहुत से बच्चों को आतंकवादियों ने मौत के घाट उतार दिया था। मन बहुत व्यथित हुआ था और तब यह रचना लिखी गयी थी।)*

# साहेब बहरा नहीं है

"मीरा क्या सुन रहा हूँ मैं! आजकल देवी-देवताओं के, अल्लाह के इन सबके भी कार्टून बन रहे हैं।"

मीराबाई, बहुत व्यस्त थीं, ध्यान नहीं दे पायीं।

प्रभु ने फिर कहा–"मीरा हमारा मज़ाक़ बनाया जाता है। तुम्हें चिन्ता नहीं होती?"

"इसकी चिन्ता करने के लिए तो देश में बहुत से भक्त हैं प्रभु! आज तो धर्म की पताका उठाकर चलना ही देशभक्ति है। मुझे तो चिन्ता दंगों की है, ना जाने कब फ़साद हो जायें।" मीरा अब भी कहीं खोयी सी थीं।

"क्या कर रही हो मीरा?" प्रभु ने मीरा के लैपटॉप पर झाँका।

"प्रभु ट्विटर और फ़ेसबुक पर व्यस्त हूँ।"

प्रभु मीरा के पास बैठ गये। उनके लैपटॉप में देखने लगे, कुछ समझ आने पर बोले, "मीरा आज ये ट्विटर और फ़ेसबुक पर ढेर सारे नेताओ, बाबाओं और 'सो कॉल्ड सेलिब्रिटीज़' के ख़िलाफ़ तुम क्या लिखे जा रही हो? लिखने के पहले कुछ तो सोचो।"

"प्रभु अभिव्यक्ति की आज़ादी तो होनी ही चाहिए ना।"

"मीरा वो बहस बाद में करेंगे। एक ज़रूरी बात सुनो पहले, कल मैं भागवत कथा में था, वहाँ दो भक्त बात कर रहे थे, दो हज़ार बारह में, एक पार्टी प्रमुख के निधन पर बन्द के ख़िलाफ़ टिप्पणी करने पर शाहीन और रेणू नाम की दो लड़कियों को गिरफ़्तार कर लिया गया था। एक युवा बुद्धिजीवी त्रिवेदी को संसद का मज़ाक़ बनाने के लिए प्रताड़ित किया गया। तो उत्तर प्रदेश के एक बड़बोले मन्त्री, जो ऊटपटाँग बयान देते रहते हैं, उनके मामले में तो स्कूल के एक छात्र को ही धर लिया था पुलिस ने। कोलकाता में लेडी हिटलर का कार्टून बनाने के लिए प्रोफ़ेसर

महापात्रा को जकड़ लिया गया था। मीरा तुम मेरी प्रिय भक्त हो। मैं तुम्हारे हाथ हथकड़ी में जकड़े नहीं देख सकता।"

"प्रभु अब आप द्वापर युग से बाहर आइये। आप धरा पर उतरते तो हैं पर मसले के एक पक्ष को ही सुन पाते हैं। आपके भक्त आपको भागवत सुनाने में, बार-बार आपका जन्म करवाने, बार-बार रुक्मिणी से विवाह कराने में ही व्यस्त रखते हैं। वर्तमान की विसंगतियों को आप तक पहुँचने नहीं देना चाहते। मेरा अनुरोध है, ज़रा समाचार पढ़, सुन लिया करें। सुप्रीम कोर्ट ने इंटरनेट की आज़ादी के मसले में आई टी एक्ट की धारा 66 ए को रद्द कर दिया है।"

"इसका अर्थ मीरा?"

"प्रभु अब इंटरनेट पर कथित आपत्तिजनक कंटेंट पोस्ट करने वाले को गिरफ़्तार नहीं किया जा सकेगा।"

"थैंक गॉड, वरना कबीर के नाम से सम्मन भेज-भेज कर लोग मुझे परेशान कर देते, क्योंकि अब भी प्रोग्रेसिव राइटर्स कबीर को बहुत क्वोट करते हैं। तुम भी तो कबीर का कॉपीराइट लेकर अर्थ पर लैंड हुई हो।"

"प्रभु आप तो ख़ुद भगवान हैं, आप कौन से गॉड को थैंक्स कर रहे हैं।"

"यहाँ दुनिया में ढेरों भगवान, गॉड, अल्लाह हैं। और यहाँ कई सेल्फ मेड गॉड, भगवान भी हैं। उनमें से जो भी...जाने दो, यह बताओ मीरा आजकल भगवान के रूप में पूजे जा रहे नमो भगवान ने भी कहा था न कि इस धारा का दुरुपयोग नहीं होने देंगे। पर तुमने इस बात की सत्यता जाँची? क्योंकि आजकल अभिव्यक्ति की आज़ादी के नाम पर बहुत खींचतान मची हुई है?"

"प्रभु लेटेस्ट अपडेट यह है, यहाँ सरकारों के रंग-ढंग देख कर सुप्रीम कोर्ट ने कह दिया है...'सरकारें आती-जाती रहती हैं, आप भविष्य में आने वाली सरकार की गारंटी तो दे नहीं सकते न'।"

"तो उससे क्या मीरा?"

'बहुत फ़र्क़ पड़ता है प्रभु 'आप' की झाड़ू ने सबका पत्ता साफ़ किया, पर कुर्सी पर बैठते ही आपस में दंगल खेलने लगे। यहाँ अच्छे दिन का इन्तज़ार कर-करके थक गये लोग सोच रहे थे, हमारा उद्धार होगा, फिर यह सोच दुखी हुए कि इन्होंने भी हमारा क्या भला कर दिया। किसान भी समझ गये, पहले पंजा दिखाकर इनकी ज़मीनों को लेने की साज़िश थी तो अब कमल पर बैठाकर इनकी ज़मीनें लेने की कोशिश हो रही है। परेशान लोग अपने मन की बातें तो करेंगे ही ना!"

"पर मीरा सुप्रीम कोर्ट को सोचना चाहिए, ऐसे में निरंकुशता बढ़ जायेगी जिसके मन में जो आयेगा वो बोलेगा। मेरे लिए भी लोग न जाने क्या-क्या लिखने लगेंगे?"

दबी आवाज़ में मीरा ने कहा "प्रभु कुछ लोग कहते हैं, आपने भी तो कौरवों के विरुद्ध पाण्डवों को भड़काया था।"

"कौरवों की सत्तालोलुपता के कारण सब हुआ, तुम मेरी भक्त हो या आलोचक?"

"प्रभु ये लोग कहते हैं, मैं तो बस सबकी बात आप तक पहुँचा रही हूँ। सुनने की सहिष्णुता सब में होनी चाहिए। ग़लत के विरुद्ध आवाज़ उठनी ही चाहिए।"

"पर देखो ऑनलाइन आज़ादी के कारण क्या-क्या लिखा जा रहा है। ये देखो कुछ राज्यों में ओले गिरे तो सत्तावालों ने ट्वीट किया कि विपक्षियों ने वर्षा मैडम को रिश्वत दी, ताकि फ़सल बरबाद हो, फ़सल बर्बाद होने पर किसान रोएँ, महँगाई बढ़े और सरकार के प्रति असन्तोष पनपे।"

मीरा ने भी फ्रीडम ऑफ़ स्पीच के और कई उदाहरण दिये।

"मीरा ऑनलाइन आज़ादी के नाम पर कुछ भी कहा जाये, चलेगा?"

"प्रभु सुप्रीम कोर्ट ने सोच-समझ कर ही तो निर्णय दिया है।"

"मीरा एक बात और बताओ, लोगों ने यहाँ तक इतने सारे फ़िल्म वालों ने भी ख़ुश होकर सुप्रीम कोर्ट के इस फैसले का स्वागत क्यों किया है?"

"सीधी-सी बात है, यह फ़ैसला यही तो कहता है कि भई यह कैसे पता चलेगा कि एक बात जिसके लिए आपत्तिजनक हो, वो दूसरे के लिए भी हो।"

"पहेलियाँ मत बुझाओ?"

"प्रभु, ये प्रोफ़ेशनल जेलसी। अब एक हीरोइन दूसरी हीरोइन के गंदे टेस्ट के लिए ऑनलाइन कमेंट करे तो एक के लिए बुरा है, तो दूसरे को निन्दा सुख भी तो दे रहा है ना।"

"हूँ..."

"उदाहरण के तौर पर झाड़ू वाली पार्टी के आपके वंश के नेता के लिए जो अच्छा है, मारवाड़ी पन्त प्रधान के लिए बुरा है। अब अगर बोलने की आज़ादी पर बैन लग गया तो कभी राजमाता रही विदेशी महारानी के जामाता की प्रॉपर्टी ख़रीद पर जो ट्वीट होते हैं, उन सब ट्वीट करने वालों को मेंढक समझकर जाल में पकड़ लिया जायेगा न, प्रभु।"

"बात तो पते की है मीरा।"

"प्रभु अब मैं भी ट्वीट करूँगी, पूछता है आर्यावर्त! कि हृदय प्रदेश के गवर्नर के बेटे की मौत क्यों हुई?"

"मीरा इतनी बोल्ड मत बनो।"

"तो क्या ऐसे फालतू ट्वीट में वक़्त ज़ाया करूँ?"

"कैसे।"

"जैसे, देश की क्रिकेट टीम के कप्तान, अपनी अभिनेत्री प्रेमिका, जो अब उनकी पत्नी बन चुकी हैं, को स्टाइल दिखा रहे थे, बस इसी में क्लीन बोल्ड हो गये।"

अचानक मीरा के फ़ोन में बीप-बीप हुआ।

"अरे! मीरा ये क्या?"

"प्रभु नमो नमन महाराज जी का मैसेज आया है, वे ट्वीट संवाद सेवा शुरू करना चाहते हैं। जो देश की जनता को नेताओ से जोड़ेगी। इस सेवा पर जो ट्वीट भेजने हैं उनकी लिस्ट बना रही हूँ..."

"कैसी लिस्ट मीरा?"

"राजा जी की जन-धन योजना, भूमि अधिग्रहण बिल, धर्मों की लड़ाई...धर्म के नाम पर भोले-भाले लोगों को लड़ाया जा रहा है इस पर, कबीर के दोहे ट्वीट कर रही हूँ देखिये–

*न जाने मेरा साहिब कैसा, मस्जिद भीतर मुल्ला पुकारे,*
*क्या साहब तेरा बहरा है?*

*पण्डित होए के आसन मारे*
*लम्बी माला जपता है।*
*अन्तर तेरे कपट कमरनी।*
*सो भी साहब लखता है।"*

"मीरा तुम्हें यही तो समझना है, साहेब न बहरा है, न अन्धा , न गूँगा, वो सब देख सकता है किन्तु ये ट्वीट करके डर नहीं लगेगा?"

"डरती तो धरती पर लैंड क्यों होती? प्रभु ऐसे भी तो कहते हैं, ऊपर वाला सब देखता है, सबका न्याय करता है, आप तो सब देखते हैं, पर कहाँ कुछ कर पाते हैं, आपको सर्वशक्तिमान कहते हैं पर आपको तो कोई कुछ भी कह देता है।"

प्रभु जानते हैं मीरा अपने दिल पर पत्थर रखकर उन्हें यह सब कहती है, फिर भी बोले, "मीरे जले पर नमक न छिड़को, अब साहेब और ऊपर वालों के मायने बदल गये हैं इसलिए आगाह कर रहा हूँ यदि इस आज़ादी के चक्कर में धर ली गयीं, तो मैं भी कुछ नहीं कर पाउँगा, यहाँ के नियम-क़ानून अलग हैं।"

"प्रभु यही तो देखना है, ये ऑनलाइन आज़ादी क्या गुल खिलाती है? सच कहूँ तो, कबीर भाई की लेखनी और उनकी बातें मुझे हिम्मत देती हैं। मीरा मगन होकर गाने लगीं–

*हमन (हम) हैं इश्क़ मस्ताना हमन को होशियारी क्या*
*रहें आज़ाद या जग में हमन दुनिया से यारी क्या?"*

प्रभु भी समझ ग; मीरा जो बीड़ा लेकर धरती पर आयी है उससे पीछे नहीं हटेगी। क्रॉस क्वेश्चन करके मीरा के सोशल मीडिया के ज्ञान को, ख़ुद को अज्ञानी बता कर खँगाल डाला था। वे भी मुस्कुराते हुए अपने लोक को मुड़े, पर जाते-जाते लिन्क्डीन, इंस्टा डाउनलोड करके ले गये क्योंकि अब धाँसू ख़बरें मिलने वाली थीं।

# वीआईपीज़ बुरा मानो

"मीरा कल मैं, युधिष्ठिरा, भीमा, नकुला डिनर पर गये थे तो बात निकली, कि आजकल तुम वीआईपी कल्चर का विरोध करती फिर रही हो। ऐसे में तो मेरे विशेषाधिकार भी समाप्त हो जायेंगे भई।"

"प्रभु पहले मुझे ये बताइये कि आप ये अर्जुन को अर्जुना, भीम को भीमा, युधिष्ठिरा, नकुला ऐसे क्यों कह रहे हैं?"

"बिकॉज़ मीरा पढ़े-लिखे पैसे वाले इंग्लिश स्पीकिंग लोग हमें ऐसे ही बुलाते हैं। हरे रामा, हरे कृष्णा गाते हैं। विदेशी जब मेरा नाम लेते हैं, तो कितना स्पेशल फील करता हूँ।"

"पर प्रभु सीधे-सादे आम लोग तो अब भी आपको कृष्ण, अर्जुन को अर्जुन कहते हैं।"

"ये सीधे-सादे आम आदमी, 'दे डोंट काउंट यू नो' " कहकर प्रभु ने मीरा की ओर कनखियों से देखा कि अब वो क्या कहेंगी?

"लगता है, आजकल आप नेताओं के बीच उठने-बैठने लगे हैं। वहाँ मैंने आम आदमी की जो क़द्र देखी, उस पर कुछ लिखा है, सुनिए–

*आम आदमी को देखकर, वीआईपी मचाये गुर्राट!*
*वीआईपी रोड पर कैसे ये आ गया? निकालो इनको गॉर्ड।"*

"भजन की जगह ये क्या सुना रही हो मीरा?"

"प्रभु आप अब भी सदियों पहले के समय में जीना चाहते हैं। आपको तो विदित है, मैं तो तब भी बागी थी। रैदास मेरे गुरु थे। तथाकथित उच्च वर्ण के लोगों के द्वारा उनके अपमान का और परम्पराओं का विरोध किया था। ऐसे गीत गाकर मैं आज की आम जनता को जाग्रत करने की मुहिम चला रही हूँ। राजधानी दिल्ली में तो आम आदमी के नाम पर पार्टी भी बन गयी है। उस आम आदमी पार्टी ने दिल्ली

में कमल और पंजे, सबका सूपड़ा साफ़ करते ही कह दिया है कि वीआईपी कल्चर ख़त्म कर देंगे, लोटस पार्टी ने लाल बत्ती हटाई।"

"मीरा ये तो वीआईपी के साथ में नाइंसाफ़ी है।"

"क्यों प्रभु?"

"घोटाले करने में जनता से झूठ बोलकर नेता बनने में, अभिनेता बनने में, लेखक पत्रकार बनने में, यानी सभी को वीआईपी बनने के लिए कितना संघर्ष करना पड़ता है।"

"प्रभु उसका वीआईपी स्टेटस से और आपसे क्या सम्बन्ध?"

"सीधा सम्बन्ध है मीरा, वो लोग ही मेरी बड़ी-बड़ी पूजा कर सकते हैं, ये आम आदमी मेरी क्या पूजा करेगा?"

"प्रभु जो उसकी हैसियत होती है, उतनी तो करता ही है।"

प्रभु ने जान-बूझकर मीरा को उकसाया, "नंगा नहायेगा क्या,निचोड़ेगा क्या? तुम ये वीआईपी कल्चर के विरोध का परचम मत लहराओ। आम आदमी और वीआईपी की नस्ल को अलग-अलग रहने दो।"

"प्रभु क्या आपने उन्हें आम आदमी या वीआईपी बनाकर पैदा किया था?"

"मीरा वो..."

"प्रभु कल प्रगतिशील लेखक कह रहे थे, भगवान भी डबल स्टैंडर्ड रखते हैं। मन्दिर में कोई नेता, अभिनेता या कोई भी मीडिया पर्सनालिटी आ जाये उनकी बाँछें खिल जाती हैं। अपने रिप्रेजेंटेटिव पण्डितों और पुजारियों से कह देते हैं इन्हें स्पेशल ट्रीटमेंट दिया जाये। मैं इन्हें स्पेशल दर्शन दूँगा। ब्यूटीशिअन्स को बुलाकर अपना ब्यूटीफिकेशन कराते हैं।"

भक्ति स्थलों पर प्रभु इस मानसिकता से परेशान थे, पर अपने दुख को छिपाते हुए झूठे आक्रोश के साथ कहा, "मीरा, कबीर की संगत का असर तुम पर होने लगा है।"

"तो बुरा क्या है? कबीर भाई आँखन देखी खरी-खरी कहते हैं, मैं भी वही लड़ाई लड़ रही हूँ वरना धरती पर आने का क्या फ़ायदा। आप और आपके सारे दोस्त जैसे गणपति, तिरुपति, साईं बाबा सब वीआईपीज़ को स्पेशल ट्रीटमेंट देते हैं।"

"मीरा ऐसे कैसे कह सकती हो तुम?"

"क्योंकि मैंने देखा, पिछले गणपति उत्सव पर एक जानेमाने गणपति पण्डाल

में, मैं एक आम आदमी की क़तार में थी। क्या दिमाग़ चलाते हैं आप लोग और आपके वो आयोजक। उन भोले-भाले लोगों को गणपति बाप्पा ने मन्नत की लाइन का लड्डू थमा दिया है। बिना शक-ओ-शुबहा, कुछ लोग भूखे-प्यासे और कुछ लोग सर पर फलों की टोकरी लादे क़तार में आगे बढ़ते हैं, गणपति बप्पा के जयकारों का एनर्जी ड्रिंक लेते रहते हैं, इधर आम आदमी क़तार में होता है। आप, आपके पण्डित और वॉलिंटियर्स, वीआईपीज़ के साथ फोटुएँ खिंचवाने में बिज़ी रहते हैं।"

"मीरा हमारी मजबूरी होती है, हम प्रायोजित होते हैं। कोई हमारे मनोरंजन के लिए कार्यक्रम प्रायोजित करता है, कोई आभूषण लाता है, कोई महाभोग प्रायोजित करता है, कोई हमारी पोशाक प्रायोजित करता है, कोई हमारी पब्लिसिटी।"

"तो आपने ऐसे लोग बनाये ही क्यों, जो आपको प्रायोजित नहीं कर सकते। कितना कष्ट झेलते हैं वे आप सबके दर्शन के लिए। मुझे याद है, तिरुपति के मन्दिर में महानायक बिग बी ने अपने परिवार के साथ जितने घण्टे पूजा की, आम आदमी नामक जीव को दर्शन नसीब नहीं हुए थे। आप लोग के लिए तो बड़ी शान की बात है न, जिन फ़िल्मी कलाकारों के दर्शन के लिए लोग दीवाने हैं, वे आपके मन्दिर में आपके दर्शन करके, आप सबको कृतार्थ करते हैं।"

प्रभु यही चाहते थे, मीरा इस बहस से कोई रास्ता खोज सकें, बहस को गति देते हुए उन्होंने कहा, "मीरा तुम व्यर्थ आरोप लगा रही हो।"

"हाथ कंगन को आरसी क्या? प्रभु यह अंग्रेज़ी अख़बार पढ़िये। आपके बारे में भी, और देखिये गणपति बाप्पा के बारे में–

'Lal bag cha raja ready to welcome his celebrity guests today.'

सेलीब्रिटी, याने वीआईपी, आपके दोस्त गणपति के साथ कम-से-कम दो घण्टे, क्वालिटी टाइम स्पेंड कर ओब्लाइज़ करेंगे। किसी आम आदमी की शक्ल तो आपको याद भी नहीं रहती होगी क्योंकि जब तक बड़ी मशक्कत के बाद क़तार में लगा ये आम आदमी नाम का जीव आपके मुख दर्शन तक पहुँचता है, पुजारी उसे धक्का दे देते हैं। भीड़ न लगाओ, आगे बढ़ो। हाँ अगर कोई लक्ष्मी दिखा दे तो स्वयं लक्ष्मी हाथ पकड़ के आपके चरण स्पर्श करा देती है। आप लोगों को यह ज़रूर याद रहता होगा कि पी.एम., सी.एम., कौन-सा अभिनेता, कौन-सी अभिनेत्री, कौन-सा मीडिया पर्सन आपके दर्शन कितनी बार करने आया!

"मीरा, हमारी ज़रा अर्जेंट मीटिंग है, बाद में हम..."

"नहीं प्रभु अब तो आपको सारा 'सिनेरियो' समझना ही पड़ेगा।"

"उन्हें तुम्हारी पहचान बतानी थी न मीरे।"

"मैंने कहा था कि मैं मीरा हूँ, वे मज़ाक़ बनाने लगे। एक मीरा को लेकर मेरे सामने खड़ा कर दिया, ये हैं मीरा...।"

"मीरा कुछ कहकर तुम्हें दुखी नहीं करना चाहता था, पर तुमने देखा ना कि उन्होंने तुम्हारा विकल्प लाकर तुम्हारे समक्ष खड़ा कर दिया, यही सब जगह हो रहा है, तुमने वहाँ राधा-कृष्ण भी देखे होंगे, हमें तो बस मूर्तियों से बाहर आने ही नहीं देते,हमारे विकल्प ढूँढ़ लिए हैं, जिन्हें वे अपने हिसाब से चलाते हैं।" प्रभु के चेहरे पर उदासी के बदल छा गये।

"इतना सीरियस क्यों हो रहे हैं, आइये थोड़ा हँस भी लेते हैं। कुछ दिखाना चाहती हूँ।"

वह सीन देखकर प्रभु ज़ोर-ज़ोर से हँसने लगे।

"प्रभु आप इतनी ज़ोर ज़ोर से क्यों हँस रहे हैं? ऐसा क्या देख लिया?"

"मीरा ये कौन लोग हैं जो अपने सिरों पर लाल बत्ती और सायरन का हेलमेट लगाए घूम रहे हैं?"

"प्रभु आपने अपने विशिष्ट भक्तों को नहीं पहचाना? यही तो आपके प्रिय वीवीआईपी हैं। लाल बत्ती का ऑप्शन ढूँढ़ा है इन्होंने। लाल बत्ती की गाड़ी नहीं है। तो ख़ुद ही लाल बत्ती की गाड़ी बन कर घूमने लगे हैं।"

हँसते-हँसते लोटपोट हो रहे प्रभु ने पूछा, "मीरा इन कार्टूनों के साथ, ये महिला कौन है जिसने घाघरा पहना हुआ है और सर पर नेता टोपी धारण कर रखी है?"

"वो इन नेताजी की पत्नी है जो अपने पति को सर पर पहनकर घूमती है।और वो कन्वेयर बेल्ट के पास देख रहे हैं! एयर लाइन्स के स्टाफ को नेताजी डाँट रहे हैं, 'काहे बुड़बक, हमारा सामान बेल्ट्वा में काहे डाला? क्रूझ पर से सीधे नहीं ना ला सकते थे? हम व्ही-व्हीआईपी हैं...जानते नहीं का?' "

"प्रभु आपके वंशज हैं। इन्हें कुछ तो संस्कार दे दें।"

प्रभु ने अपने भाव छिपाते हुए कहा, "अरे मीरा वो तो शायद मिड और निजय वाल्या हैं न! इतनी दयनीय अवस्था में?"

"हाँ प्रभु, ख़ूब हेराफेरी की, ख़ूब ऐश किया, ख़ुद वीआईपी ट्रीटमेंट लिया और अपने मेहमानों को सैकड़ों करोड़ की याच में वीआईपी ट्रीटमेंट दिया, लेकिन अब ऊँट पहाड़ के नीचे आया है, सारी प्रॉपर्टी पर कब्ज़ा हो रहा है, इनका वीआईपी ट्रीटमेंट ख़त्म हो गया है।"

प्रभु कुछ सोचने लगे।

"प्रभु आपको तो तकलीफ़ हो रही होगी ना इन वीआइपीज़ के लिए।पर मुझे तकलीफ़ होती है, आम आदमी के लिए। यह भेद-भाव अब ख़त्म होना चाहिए।"

"मीरा सच यह है कि मुझे भी यह सब देखकर बहुत कष्ट होता है, पर मीरा कैसे करें यह भेदभाव दूर?"

"आप यह अपने मित्र ईसा मसीह से सीखिये। लन्दन के हवाई अड्डे पर बड़े से बड़े भारतीय नेताओं को भी क़तार में खड़े होना पड़ता है। कह दिया जाता है–

'दिस इस नॉट इंडिया!' "इस बात पर कुछ प्रकाश डालो मीरे।"

"यहाँ के नेता या अभिनेता को अगर किसी देश में सबके जैसा ट्रीटमेंट मिलता है तो उनसे सहन नहीं होता क्योंकि वे ख़ुद पर सेलिब्रिटी या वीआईपी का ठप्पा लगाकर घूमते हैं। कुछ दिनों पहले एक छोटी-सी किसी एक्ट्रेस ने किसी एयरपोर्ट की 'सिक्योरिटी' में हंगामा किया। 'जानते नहीं मैं कौन हूँ?'

मैं वहाँ थी, बोली, मैडम अपने नाम का आइडेंटिटी कार्ड टाँग लो। तो चिढ़ गयी, मेरी इंसल्ट कर दी।"

"सच, यही तो दुविधा है मीरा।"

"प्रभु यह समस्या बहुत विकराल हो गयी है। आदमी तो आदमी, भैंस-बकरियाँ भी बोलने लगी हैं। एक बार एस.पी. के काज़म खान की भैसें गुम गयीं, पकड़ी गयीं तो बोलीं, जानते नहीं हम काज़म खान की भैंसें हैं।"

मीरा ग़ुस्से से काँपने लगीं।

"मीरा इतना क्रोध! तुम्हारे मधुर स्वभाव को क्या हुआ?"

"प्रभु क्यों न करूँ क्रोध? समय से टैक्स देने वाला, अपनी मेहनत से देश को आगे ले जाने वाला आदमी, जिसके दम-ख़म पर देश टिका है। कोई हैसियत नहीं रखता? मैं साफ़ कह देती हूँ कि अगर आपने भी वीआईपी दर्शन देने बन्द नहीं किये तो मैं आपके विरुद्ध भी नारे लगाऊँगी।"

"मीरे एक सत्य जान लो वे केवल मेरी पत्थर की मूरत के दर्शन कर पाते हैं, मेरे वास्तविक दर्शन नहीं होते उन्हें।"

प्रभु सोच में पड़ गये। यह तो परम्परा बन चुकी है, कैसे ख़त्म करें? मीरा भी अब तब कुछ संयत हो गयी थीं, क्षमा प्रभु, पर यह सब देखकर मन छलनी होता है, आज आपको भी न जाने क्या-क्या कह गयी?

"मीरा क्या सोचा तुमने, यह कल्चर कैसे ख़त्म होगा?"

"हम सब लेखनी को पैना करेंगे। आपको अपनी एक व्यंग्य रचना सुना देती हूँ। जो वीआईपी नेताओ की गाड़ियों पर तंज़ है, उस कल्चर पर तमाचा है जो सेलिब्रिटीज़ की सुरक्षा के नाम पर अस्पतालों का रास्ता ब्लॉक कर देती है, सुनाऊँ?"

"मीरा अवश्य सुनाओ।"

"तो सुनिए,

*वीआईपी महाशय की लाल बत्ती देखकर आम आदमी करे गुहार,*
*जाने दो, जाने दो एम्बुलेंस में है व्यक्ति बीमार,*
*रास्ता दो, हमें जाने दो, वरना उसकी साँसें जायेंगी हार .*
*वीआईपीज़ बुरा मानो, ये नहीं ठिठोली है,*
*अब भी समझ लो*
*ये आम आदमी के दिल की बोली है।"*

"मीरा यह सबको सुनाओ।"

प्रभु का फ़ोन बजा। लाइन पर लखनऊ के इमामबाड़ा के ख़ुदा थे, "कान्हा भाई आपने तो द्वापर में कितना कुछ किया था, अब भी कुछ तो करिये।"

"क्यों भाई फिर कहीं दंगा-फ़साद हो गया क्या, आपके नाम पर?"

"अरे दोस्त फ़िलहाल वैसा कुछ नहीं, पर लखनऊ के राज्यपाल का फ़ोन आया था यहाँ के मौलाना के पास, कल राज्यपाल की बेटी और उसकी सहेलियाँ

आने वाली हैं, तो मेरे कुछ ग़रीब बन्दे बड़ी दूर से आने वाले हैं, मैंने उन्हें वक़्त दे दिया था, पर अब कल उन्हें इजाज़त ही शायद ना मिले।"

प्रभु ने फ़ोन को होल्ड पर डाला, "मीरा कुछ राह सुझाओ, इतने समय से तुम अब यहाँ की सारी राजनीति समझ गयी हो।"

"जी सोचती हूँ।"

लखनऊ वाले दोस्त को ढाढस बँधाया पर स्वयं चिन्तित थे। मीरा नहीं जाना मुझे मन्दिरों में, मीरा कुछ कहे इसके पहले ही प्रभु का फ़ोन पुनः बजा, मुम्बई के इस्कॉन मन्दिर से फ़ोन था पुजारी बहुत ही मधुर स्वर में कह रहा था, "हरे कृष्णा, प्रभु आप कहाँ हैं? कल बॉलीवुड के जानेमाने प्रोड्यूसर शूटिंग के लिए आ रहे हैं, वे सुन्दर पोशाकें और गहने भेज रहे हैं, ट्रायल लेना है, और मेकअप-मैन भी आ रहा है, आप सात बजे तक पहुँच जायेंगे ना क्योंकि वे आपका ब्लीच, फेशियल, व्हॉटटनिंग भी कराएँगे।"

"काश कबीर की मूर्ति पूजा के विरोध वाली बात पर ध्यान दिया होता।"

"प्रभु ख़ुदा ने भी तो अपनी परेशानी बतायी ना, अभी तो इस बात से आप परेशान ना हों, वहाँ भी तो जन्नत की हूर और ना जाने क्या-क्या कहकर उन्हें कटघरे में खड़ा करते हैं। प्रभु आपको कष्ट हुआ होगा मेरी बातों से, मैं क्षमाप्रार्थी हूँ।"

"नहीं मीरे तुम तो जनसामान्य की बात मुझ तक पहुँचा रही थीं।"

प्रभु गहरी सोच में डूबे वापस मुड़े।

मीरा ने नया लेख लिखने के लिए क़लम उठाई, पर उनकी आँखों में आँसू थे, और हृदय गा रहा था, "मेरे प्रभु का दरद ना जाने कोय।"

# एकोहम, बाक़ी सब वहम

"हेलो कृष्णा, दिस इज़ मीरा, रिपोर्टिंग फ्रॉम अर्थ टाइम्स नाउ। आज यहाँ महाराष्ट्र विधान सभा और हरियाणा विधान सभा के रिज़ल्ट आने वाले हैं। ओ या, कृष्णा सर मुझे भगवा साड़ी छोड़कर जीन्स और टी-शर्ट पहननी पड़ी। भगवा साड़ी में मुझे लोग कट्टर समझ कर परेशान करने लगते थे, आपके कहने से मैंने ख़ुद की पार्टी भी बनायी थी। और उसी भगवा साड़ी और एक तारे के साथ, मेरी पब्लिसिटी हुई थी। मैं देखती थी, नेता जब घर-घर जाकर जनता से मिल रहे थे तो जनता एक प्रिया की तरह गाती थी–

"साजन म्हारे घर आया हो, जुगाँ-जुगाँ री जोवती विरहणी पिव पाया हो।"

"बड़ी भोली है जनता।"

"मीरा क्या तुम्हें लगता है, अब भी जनता उतनी ही भोली रह गयी है?"

"सर..."

"मीरे ये सर-सर क्या लगा रखा है, मुझे लग रहा है किसी और को सम्बोधित कर रही हो।"

"क्षमा प्रभु, किन्तु आपके मन में यह प्रश्न क्यों आया?"

"कल एक भक्त के घर कीर्तन में मुझे बुलाया था, कीर्तन के शोर से सर दुखने लगा तो मैं रसोई की ओर चला गया, वहाँ महाराज जो कि बिहार का था, और हेल्पर जो झारखण्ड का था, आपस में बातें कर रहे थे कि गाँव में चुनाव होने वाले हैं, इस समय सब राजनैतिक पार्टियाँ वोटरों को लुभाने के लिए बहुत कुछ करती हैं, इनके खाते नहीं खुले थे, आधार कार्ड नहीं बने थे, इस समय सारे रुके काम आसानी से हो जायेंगे।"

"एक दृश्य यह भी देखा है प्रभु, पार्टी वाले पैसा पानी की तरह बाँट रहे थे, उस पैसे से लोग शराब पी रहे थे और नशे में पति अपनी पत्नियों को पीट रहे थे।"

"मीरा तुम्हें लगता है कि पैसा लेकर भी वोट उन्हें देंगे? सभी पार्टी तो लुभा रही हैं इन्हें...तुम्हें सही लगता है सब?"

"वोटों की यह अनैतिक राजनीति, चुनाव की गन्दगी और अवसरवादिता को देखकर मैं सक्रिय राजनीति से हट गयी। फिर आपका आदेश आया कि धर्म की स्थापना का आपका काम मुझे ही करना है पत्रकार बन गयी। पत्रकार बनने के बाद हर कोई मिठाई का डब्बा लेकर आने लगा। अरे हाँ, कान्हा, मिठाई से याद आया एज़ ए रिपोर्टर सबसे पहले मैं मिठाई की दुकान पर पहुँची।"

"मिठाई की दुकान पर क्यों, उसने इस विषय में कुछ कहा?"

"नहीं प्रभु, मिठाई वाले को मुझसे बात करने का समय ही नहीं था।"

"क्यों मीरा?"

"क्योंकि एग्जिट पोल में जिस पार्टी को विजयी घोषित किया गया है। सारे शहर की मिठाइयाँ उसने प्री बुक कर ली हैं।"

"जीत का उत्सव मनायेंगे ना!"

"प्रभु यह पार्टी अपने विरोधियों के घर भी मिठाई भेजेगी, जिनसे इसकी लिव इन रिलेशनशिप टूटी है, उनके ज़ख़्म पर नमक छिड़कने के लिए तो मिठाइयों के टेम्पो पे टेम्पो उनके ठिकानों पर भेजेगी। आफ्टर आल, प्रेमी-प्रेमिका या कहें पति-पत्नी की तरह किसी समय इनका सब कुछ साझा था।"

"और क्या-क्या होगा मीरे?"

"मिठाई वाले के पास ही बैंड वाला खड़ा था। फ़ोन आते ही वो भागा क्योंकि

फलां-फलाँ पार्टी ने 19 अक्टूबर के लिए सारे बैंड बुक किये हैं। ब्यूटी पार्लर और सलूनों की चाँदी ही चाँदी हो गयी है, टीवी पर चौखटा सुन्दर दिखे इसलिए सारे नेताओ का सौन्दर्यीकरण अभियान चालू हो गया है। मीडिया हाउसेज़ में होड़ लग गयी है कि जीतने वाली पार्टी के महापुरुषों को कौन सर्वप्रथम अपने कैमरे में क़ैद करेगा।"

"मीरे मिठाई के अलावा और कौन से प्रोडक्ट की बिक्री बढ़ी"

"टिश्यू पेपर की प्रभु!"

"टिश्यू पेपर का चुनाव से क्या लेना-देना मीरे?"

"प्रभु जीवन दर्शन कहता है ना, सुख-दुख दोनों एक ही सिक्के के दो पहलू हैं। बात बिलकुल सच है, तभी तो टिश्यू पेपर की फैक्ट्रियों में उत्पादन बहुत ज़्यादा बढ़ गया है। क्योंकि जनता की तकलीफ़ पर मगरमच्छी आँसू बहाने वाले बहुत-सी पार्टियों के नेता अपनी हार पर लगातार आँसू बहायेंगे और इनके निजी सचिव उन आँसुओं को टिश्यू पेपर से पोंछते बैठेंगे।"

"मीरा तुम्हारा सेंस ऑफ़ ह्यूमर ग़ज़ब का हो गया है, और क्या समाचार हैं!"

"पता चला है अब तक दूसरी पार्टी के नेताओ को जो गालियाँ ये देते थे, अब स्वयं की पार्टी के सदस्यों को देंगे। गाली ज्ञान में इज़ाफ़ा करने के लिए बहुत से मवाली हायर किये गये हैं। एक गुप्त ख़बरी ने बताया है, अगले चुनाव के पहले बहुत से नेता अमेरिका जाने की योजना बनाने में लग गये हैं क्योंकि आकाशवाणी हुई है जिस नेता का जनाधार कम हो रहा है वो यदि अमेरिका जाकर अपनी जय-जयकार करा लेगा तो अवश्य सिंहासनारूढ़ हो जायेगा।"

"जनाधार बढ़ाने के लिए और जो मन्त्र हैं वो नहीं बताओगी?"

"प्रभु इमोशनल ब्लैकमेल सर्वाधिक सिद्ध मन्त्र है। मायानगरी में तो आप भजन-भोजन हेतु कई बार जाते हैं, याद है ना, एक पार्टी ने कहा था उनके पिता साहिब ने समाज के लिए ख़ून बहाया है इसलिए मतदाताओं का दायित्व बनता है कि उस पिता के बेटे यानी उन्हें वोट दें और मुख्यमन्त्री बनायें। कुछ पार्टियों ने सौदा किया नोट के बदले वोट। किन्तु शायद समीकरण बदल गये। तो नोट बाँटने वाली यह पार्टी चुन-चुनकर उन वोटर्स को ढूँढ़ेगी जिन्होंने नोट लेकर भी दगा दिया। ख़बर यह भी है कि सारे बिचौलिए अंडरग्राउंड हो गये जो नोट बाँट रहे थे। सी. एम. की कुर्सी पर बैठने के लिए रेस की प्रैक्टिस चालू हो गयी है। जो हर्डल रेस में प्रथम

आयेगा ब्राह्मण उसका राजतिलक करेंगे। प्रभु समय का पहिया तेज़ी से चलता है, विपक्ष में रहने वाली पार्टी जब सत्तानशीन हो जाती हैं तब एकोहम, बाक़ी सब वहम हो जाता हैं।"

अरे हाँ ब्राह्मणों से याद आया, ब्राह्मणों और हवन सामग्रियों वालों की चाँदी हो गयी है क्योंकि हर नेता कुर्सी से चिपकने के लिए पूजा हवन करा रहा है। प्रभु ख़बरें और भी बहुत-सी हैं किन्तु मुझे अभी तुरन्त निकलना है। सुनने में आया है कि कुछ पार्टी वालों ने दूसरी पार्टी वालों पर तलवार चला दी है। कहीं हाथापाई हो रही है तो कहीं गोलीबारी। अभी हाल ही में एक राज्य में चुनाव हुए हैं,वहाँ के नतीजे आने वाले हैं वहाँ मुंगेर ज़िले में हिंसा चालू हो गयी है।"

मुझे उन्हें कबीर भैया की यह बानी सिखाने जाना है :

"मीरे हारने के बाद तो ये और अधिक मारकाट करेंगे, हारकर सबकी शान्ति हरेंगे, दुखी होंगे कि सत्ता सुख से वंचित रह गये, इनके सर पर ख़ून सवार होगा, तुम इन्हें समझाओगी कैसे?"

"प्रभु बताऊँगी दुख सुख एक समान है, हरष शोक नहिं व्यापा।"

"मीरे सँभल के जाना, इन्हें समझाना भी चापलूसी के अन्दाज़ में।"

मीरा ने विश्वास के साथ थम्स अप किया।

प्रभु मीरा के इस विश्वास पर मुस्कुराये और अन्तर्धान हो गये।

# ताज बीबी हाज़िर हो!

मीराबाई समझ गयी थीं कि आम आदमी क़ानून के दाँवपेंच नहीं जानता इसलिए बिना मतलब बेचारा पचड़े में फँसता रहता है। कबीर भाई ने कहा कि मीरा एक काम करो बहुत से लोग आजकल लॉ कोर्स करते हैं, तुम भी जाकर ज्वॉइन कर लो। मीराबाई ने कबीर भाई की बात मानकर वकालत में एडमिशन ले लिया। एक दिन इंटर्नशिप के लिए एक कोर्ट में बैठी हुई थीं, फ़ोन साइलेंट पर था, प्रभु के फ़ोन पर फ़ोन आ रहे थे। वे कोर्ट में फ़ोन नहीं ले सकती थीं अन्यथा कंटेम्प्ट ऑफ़ कोर्ट हो जाता और उनका फ़ोन हाईजैक हो जाता। जब वहाँ से फारिग़ होकर बाहर आयीं, तुरन्त प्रभु को फ़ोन लगाया।

"क्या बात है मीरा, मैंने तुम्हें 20 से भी ज्यादा फ़ोन लगाये हैं, कहाँ व्यस्त थीं?

"प्रभु मैं कोर्ट में बैठी हुई थी..."

"क्या बात है मीरा! राजनीति में तुम, वकालत में तुम, पत्रकारिता में तुम, व्यापार में तुम, व्यस्तता में मुझे ही भुला दिया!"

"प्रभु मैंने पहले भी आपके लिए महलों का सुख छोड़ा था, अब भी धरती पर आपके दुख को कम करने के लिए ही आयी हूँ। भला आपको बिसराकर रह सकती हूँ?"

प्रभु को भी लगा कि मीरा के साथ कुछ अधिक ही कटु हो गये, "मीरा मैं बहुत अधिक परेशान हूँ, इसी परेशानी में मैं...!"

"बतायें प्रभु क्या हुआ?"

"वृन्दावन में कुछ गड़बड़ हो गयी है। मेरे ही मन्दिर में कुछ ऐसा हुआ जो नहीं होना चाहिए था।"

"प्रभु बतायें आख़िर हुआ क्या है?"

"हुआ यूँ कि मेरे मन्दिर में दो मुसलमान लड़कों ने नमाज़ पढ़ ली तो वहाँ पर..."।

"प्रभु आप इससे परेशान हुए आपके मन्दिर में नमाज पढ़ ली! आप तो स्वयं कहते हैं ना अपने-अपने भक्ति के तरीक़े हैं, वैसे ये कौन थे,क्या घटना है बताइए मुझे।"

"मीरा तुम्हें लगता है...मुझे इस कारण ख़राब लगा कि उन्होंने मेरे मन्दिर में नमाज़ पढ़ी? ख़ैर जाने दो...तुमने सीमान्त गांधी का नाम सुना है, उनकी संस्था के चार लड़के, दो हिन्दू मुसलमान मथुरा वृन्दावन में 84 कोस की यात्रा कर रहे थे, वहाँ उनका परिचय किसी से हुआ और उसने कहा कि आप लोग मन्दिर में ही रह लें। नमाज के वक़्त उन्होंने वहाँ अपनी नमाज़ अदा कर ली। पुलिस उन्हें पकड़कर ले गयी है। अब मुझे दोनों ही तरफ़ के लोगों के फ़ोन आ रहे हैं कि आपके मन्दिर में नमाज़ कैसे पढ़ी गयी, दूसरा पक्ष कह रहा है कि कैसे ईश्वर हो, उन बच्चों का क्या कसूर था उन्हें बचा भी नहीं सके!"

प्रभु बहुत विचलित थे। मीरा ने उन्हें ढाँढस बँधाते हुए कहा, "चिन्तित ना हों, मैं सारी बातें पता करती हूँ और कुछ ना कुछ करूँगी।"

कई जगह से जानकारी निकालने पर पता चला कि स्वयं को सनातन धर्म का मसीहा समझने वाले मुम्बई महा हिन्दू सभा के चेयरमैन धर्मराज ने मुम्बई में केस दायर कर दिया था, सब जगह भाषण दे रहे थे, धर्म ख़तरे में है। अगले हफ़्ते ही ट्रायल कोर्ट में यह मुद्दा रखा जा रहा है। मीरा समय से पहले ही कचहरी चली गयीं थी, वरना खड़े होने की जगह भी नहीं मिलती क्योंकि यह कचहरियाँ फ़िल्मों में दिखाई कचहरियों से बहुत अलग होती हैं। बिना सहारे की बेंच पड़ी रहती हैं, जो पहले पहुँच गया वह बैठ जाता है बाक़ी लोगों को खड़े रहना पड़ता है। काफ़ी इन्तज़ार के बाद जज साहब कोर्ट रूम में आये सब खड़े हो गये। उनके बैठने के बाद मुंसिफ ने जज के सामने फ़ाइल रखी। अर्दली ने पुकार लगायी। पहला केस दहेज़ का था, किन्तु मीरा का मन उसमें आज बिल्कुल रम नहीं रहा था। वे मन्दिर वाले केस का इन्तज़ार कर रही थीं, उनके प्रभु परेशान थे तथाकथित धर्म गुरु उनके नाम को लेकर चौपड़ खेल रहे थे। लंच के बाद इस केस को रखा गया दो लड़कों को चप्पल के बग़ैर लाया जा रहा था, उनकी उम्र यही कोई 20-22 साल होगी, इसी उम्र के आसपास के दो लड़के और उनके साथ अन्दर आये जो परेशान दिख रहे थे।

योगीराज वकील ने बात रखनी आरम्भ की–

"योर ओनर, दो लड़के मन्दिर में नमाज़ पढ़ रहे थे। मेरे मुवक्किल धर्मराज पाण्डे जी बहुत ही दुखी हैं। एक धर्म की भावनाओं को ठेस पहुँचाने के उद्देश्य से यह जानबूझकर किया गया है। वहाँ हिन्दू धर्म के भक्त भी थे जिन्हें बहुत परेशानी हुई। पुजारी जी भी सकते में आ गये थे। धर्मराज पाण्डे जी का कनेक्शन कृष्ण-कन्हैया से सीधा है, वे उनके दुख-सुख को महसूस कर पाते हैं वे देख रहे थे कि नमाज़ सुनकर बिहारी जी की आँखों से आँसू बहने लगे।"।

मीराबाई को ग़ुस्सा आया, मन में कहा, बिल्कुल मेरे प्रभु की आँखों से आँसू तो बह रहे हैं, लेकिन इसलिए नहीं कि उन बच्चों ने नमाज़ पढ़ी बल्कि इसलिए कि उन मासूमों को बिना किसी दोष के पुलिस उठाकर ले गयी। अगर वे किसी दुर्भावना से ऐसा कर रहे होते तो बात अनुचित नहीं होती लेकिन यहाँ उनके भीतर सचमुच कोई दुर्भावना नहीं थी।

कबीर संगठन ने उन बच्चों के बचाव में प्रगति कबीर को खड़ा किया था। जज साहब ने प्रगति को अपनी बात रखने के लिए कहा।

प्रगति–"मी लॉर्ड जब इन नवयुवकों ने मन्दिर में नमाज़ पढ़ी थी तब वहाँ कोई भक्त नहीं थे। पुजारी जी की अनुमति से ही इन्होंने वहाँ नमाज़ पढ़ी थी।"

(ऑब्जेक्शन सस्टेन, ऑब्जेक्शन ओवररूल्ड यह सब यहाँ से निकाला जा रहा है सीधी-सीधी बात सिर्फ़ बताई जा रही हैं।)

धर्मराज के वकील योगीराज, "साहब यह मनगढ़न्त बातें हैं। पुजारी ने साफ़ मना किया था इन्होंने इसलिए वहाँ नमाज़ पढ़ी क्योंकि ये दूसरों का धर्म भ्रष्ट करना चाहते थे।"

मीरा ने चुपचाप कॉर्डलेस इयरफ़ोन पर प्रभु को कनेक्ट कर लिया था। वे बोल नहीं सकती थीं लेकिन प्रभु जो कह रहे थे उसे सुन रही थीं।

"मीरा यह वकील झूठ कह रहा है।"

प्रभु की और बातें सुनने के पहले ही मीरा ने सुना–

वकील योगीराज–"मी लॉर्ड इनके अल्लाह के बारे में कुछ कहेंगे तो..."

उनके आगे कहने के पहले ही कोर्ट में कुछ लम्बी दाढ़ी वाले बैठे थे, वे खड़े हो गये और कहने लगे–

"हमारे अल्लाह के बारे में कुछ बोला तो..."

दो पुलिस वाले उनके पास गये, तो उन लोगों ने एकदम से हाथ जोड़ दिये, "माफ़ी साब अब चुप बैठेंगे।"

जज की ओर देखते हुए उन्होंने हाथ जोड़ दिये।

जज ने कहा, "अब अगर कोर्ट की कार्रवाई में कुछ ख़लल हुआ तो सीधा फाइन लगा दिया जायेगा। प्रगति जी आप अपनी बात रखो।"

प्रगति ने कटघरे में दोनों लड़कों में से एक को बुलाया, "आपका नाम क्या है?"

फैज़ल–"जी फैज़ल खान।"

प्रगति–"फैज़ल आप कहाँ से हैं?"

फैज़ल–"जी मैम हम चारों बनारस से हैं।"

प्रगति–"बाक़ी तीन कौन हैं?"

फैज़ल–"मैं, श्रवण, राम और साहिल।"

प्रगति–"आप लोग मथुरा वृन्दावन किस उद्देश्य से आये थे, उस दिन क्या हुआ था?"

फैज़ल–"मैडम हम लोग सीमान्त गांधी की संस्था से जुड़े हुए हैं। धार्मिक समभाव बढ़ाने की कोशिश करते हैं। तीर्थों, दरगाहों में हम साथ-साथ जाते हैं। मथुरा वृन्दावन की 84 कोस की परिक्रमा करने यहाँ आये थे। मन्दिर के कर्मचारी से परिचय हुआ तो उसने कहा हमारे यहाँ जगह है, आप लोग वहीं रुक जायें।"

प्रगति–"जब आप लोग मन्दिर पहुँचे पुजारी जी ने आप लोगों को कुछ नहीं कहा?"

फैज़ल–"उन्होंने कहा कि हमारे कन्हैया सबको शरण देते हैं आप लोग भी यहाँ आराम से रहें।"

प्रगति–"पॉइंट नोट किया जाये मी लॉर्ड। फैज़ल आप जा सकते हैं अब मैं साहिल को यहाँ बुलाना चाहती हूँ। साहिल मन्दिर में जाने के बाद क्या हुआ?"

साहिल–"हमारी पुजारी जी से और वहाँ के कुछ लोगों से बातचीत चल रही थी, पुजारी जी को जब पता चला कि फैज़ल रामचरितमानस की चौपाई बहुत अच्छे से गाता है तो उन्होंने कहा सुनाओ।"

यह सुनते ही दाढ़ी वाले कठमुल्लों की मुट्ठियाँ तन गयीं। वे फैज़ल को आग्नेय नेत्रों से देखने लगे। खुसुर-पुसुर कर एक-दूसरे से कहने लगे–

"क़ाफ़िर है इसे तो हम देख लेंगे।"

पुलिस वाले ने उस ओर देखा तो हाथ जोड़ दिये।

प्रगति–"फैज़ल ने कौन सी चौपाई सुनाई थी?"

साहिल ने चौपाई सुनाई–"प्रबिसि नगर कीजे सब काजा/हृदय राखि कोसलपुर राजा। राम सिया राम सिया राम जय जय राम"...।

कठमुल्लों को ग़ुस्सा बहुत आ रहा था, लेकिन पुलिस के डंडे के आगे मजबूर थे।

प्रगति–"हूँ, तो चौपाई सुनाते-सुनाते फैज़ल नमाज़ पढ़ने लगे?"

"नहीं मैम दोपहर के भजन का वक़्त हो रहा था पुजारी जी ने मन्दिर के पट भी बन्द कर दियें थे हमने उनसे पूछा पुजारी जी आज जुम्मा है हमारी नमाज़ का वक़्त हो गया है, हम बाहर अदा करके आ जायें?"

प्रगति–"तो पुजारी जी ने कहा होगा, हाँ कर आयें...।"

साहिल–"नहीं मैम पुजारी जी ने तो कहा, पूजा, प्रार्थना, इबादत सब एक ही हैं, यहाँ ही कर लो। हमारे यहाँ वेदों के ज्ञाता वैदिक जी आते हैं वह भी बताते हैं कि अमीर ख़ुसरो, रसखान, ताज बीबी आलम और नाज़िम यह सब रामकृष्ण के गीत गाते थे, आपने भी तो मुसलमान होकर चौपाई सुनाई, उस्ताद फ़रीद अयाज़ कृष्ण भक्ति की बन्दिशें बहुत अच्छी गाते हैं। नमाज़ यहाँ पढ़ें कोई बात नहीं।"।

प्रगति–"नोट किया जाये फिर यह शिकायत किसके दबाव में की गयी?"

जज ने कहा, "आप में से कौन ताज बीबी का गाया हुआ कोई गीत सुना सकता है?"

फैज़ल ने कहा, "यहाँ हमारा दोस्त राम बैठा है वह बहुत अच्छी तरह सुनाता है।"

जज साहब के कहने पर राम ने सुनाना चालू किया–

*लाम के मानिंद हैं गेसु मेरे घनश्याम के।*
*क़ाफ़िर हैं वे, जो बन्दे नहीं इस लाम के।*

योर ऑनर, कोर्ट अनुमति दे तो कुछ कहना चाहता हूँ।"

जज ने हाँ कहा।

राम–"गुरु नानक जी ने भी कहा है एक ओंकार। ईश्वर एक है, हम सभी भेद-भाव क्यों करते हैं? किसी ने कहा है–

*जाहिद शराब पीने दे मस्जिद में बैठकर*
*या फिर वो जगह बता दे जहाँ ख़ुदा ना हो।"*

हिन्दू भी यही मानते हैं कि भगवान कण-कण में है, ज़र्रे-ज़र्रे में है, हर दिशा में है।

राम के मुँह से यह सुनकर अदालत में अजीब सी खुसुर-पुसुर चालू हो गयी।

एक कठमुल्ले ने कहा, "ये क़ाफ़िर मस्जिद में बैठकर शराब पीने की बात कर रहा है , तौबा...तौबा..."

दूसरा बोला "ताज़ बीबी ने सही बात तो कही इस्लाम को जो नहीं मानता वह क़ाफ़िर है, पहला बोला–अरे नहीं इस लाम मतलब कृष्ण के बाल के।" दूसरा बोला, "अरे उनके भगवान का नाम क्यों ले रहे हो? दोजख़ में जाना है क्या?"

जज ने हथौड़ा ठोका, "ऑर्डर ऑर्डर"

धर्मराज ने वकील के कान में कुछ कहा।

योगीराज वकील–"साहिब यहाँ तो हमले पर हमले हो रहे हैं मेरे मुवक्किल चाहते हैं कि इन लड़कों के साथ ही ताज बीवी पर भी मुक़दमा चलाया जाये।"

इस बात पर कठमुल्लों के चेहरे पर चमक आ गयी! वकील और जज के तथाकथित ज्ञान पर मीराबाई को ग़ुस्सा भी आया और हँसी भी। ताज बीबी को कहाँ से बुलाकर लायेंगे? ऊपर जायेंगे क्या? इतने में जज साहब ने कहा इस केस की अगली सुनवाई 4 महीने बाद 25 अगस्त को होगी।

मीरा बाहर निकलीं, प्रभु वहाँ अदृश्य रूप में मीरा से मिलने आये।

"मीरा यह केस तो उलझता ही जा रहा है। तो क्या अब ताज बीबी को भी तुम्हारी तरह धरती पर आना पड़ेगा?"

"नहीं प्रभु, ऐसा तो नहीं हो सकता, वैसे ताज बीबी मुझसे भी बड़ी भक्त थीं आपकी, है ना!"

"मीरा भक्त तो भक्त होता है छोटा बड़ा क्या! हाँ इस्लाम मानते हुए भी वह मेरी भक्ति के रंग में रँग गयी थीं। उस समय तो उन्होंने मेरी भक्ति के गीत गा लिये, इस समय यदि गातीं, तो फ़तवा जारी कर दिया जाता।"

"वे तो अब भी यह करने ही वाले हैं, प्रभु आपका रंग है ही ऐसा, एक बार जो चढ़ा तो उतरता ही नहीं, कितना पाक और कितना साफ़! पर धर्म के ये तथाकथित पंडे..." मीरा ने ठण्डी श्वास छोड़ी।

"मीरा कबीर भी यहाँ खड़े दिखे थे, तुम उनसे समझो आगे क्या करना है? मुझे किसी भक्त के घर जाना है।"

"कबीर भाई आप यहाँ!"

"हाँ मीरा कबीर पन्थियों ने ही उन बच्चों के बचाव के लिए वकील किया है। तुम इतनी परेशान क्यों हो?"

"कबीर भाई क्या अब रसखान, ताज बीबी, अमीर ख़ुसरो इन सबको भी कचहरी में तलब किया जायेगा, क्या इनको भी मेरी तरह नीचे आना पड़ेगा...?"

कबीर कुछ कहते, उतने में ही उनके पास से यह लम्बी दाढ़ी वाले कुछ कहते हुए निकलने लगे, "क़ाफ़िर हैं ये फैज़ल और साहिल। ताज बीबी जैसे लोग इस्लाम को बदनाम करते हैं। इनके ख़िलाफ़ तो फ़तवा जारी करना पड़ेगा और ताज बीबी जहन्नुम में भी छिपी होगी ना, क्योंकि जन्नत में तो गयी नहीं होगी, छोड़ेंगे नहीं किसी को!"

मीरा ग़ुस्से में कुछ कहने जा ही रही थी, कबीर भाई ने इशारे से रोका।

ग़ुस्से में मीरा ने कहा, "कबीर भाई आपने इतने दो टूक शब्दों में सबको समझाया; फटकार लगाई लेकिन कोई सुधरता क्यों नहीं है? ख़ैर मुद्दे की बात पर आते हैं, आपको क्या लगता है अगर पुजारी ने कि उन्हें नमाज़ पढ़ने के लिए हाँ कहा था तो बात कहाँ अटक-भटक रही है?"

"मीरा चलें मथुरा वृन्दावन गोकुल की झाँकी देख लें...तुम्हारे प्रभु भी तो यही चाहते हैं।"

"कबीर भाई एडवोकेट प्रगति से भी कहूँ क्या एक बार हमारे साथ चलें तो सब समझ लेगी!"

कबीर भाई के चेहरे पर अजीब सा भाव आया, "ठीक है देखो क्या कहती है?"

मीरा और प्रगति में कुछ बातें हो रही थीं। कुछ देर बाद जब मीरा आयीं, "कहो बहन क्या हुआ क्या कहा प्रगति ने?"

"कबीर भाई वह कह रही है कि उसके केस लगातार चल रहे हैं वह नहीं जा सकती, आप लोगों की वीडियो और डिटेल ले आयें। तो चलिए भाई, सबसे पहले गिरिराज की परिक्रमा कर लें, जिसे प्रभु ने अपनी उँगली पर उठाया था।"

गिरिराज की परिक्रमा में पहले जब वे मन्दिर पहुँचे, वहाँ बैठे पुजारी ने उन्हें कई तरह से जाल में फँसाने की चेष्टा की।

"बहन जी लाला की पोशाक के लिए 25,000 रुपया द्यो और यहाँ एक मीराबाई भी हैं। उनके लिए दान दक्षिणा द्यो। बेचारी गाकर अपना जीवन-यापन करती हैं।"

मीरा उनसे कहने वाली थीं, मीरा तो मैं हूँ लेकिन चुप रह गयीं। बड़ी मुश्किल से 1100 रुपये देकर वहाँ से पीछा छुड़ाकर बाहर निकलीं। टैक्सीवाला उन्हें गोकुल ले गया। कृष्ण की जन्मभूमि में कहने लगा, पहले पण्डित लूटते थे अब तो जोगी-नोदीजी के नाम पर आपका पैसा बिल्कुल सही जगह जाएगा। यहाँ बैठने के लिए लोग तरसते हैं, आपको यहाँ बैठाया जायेगा। सरक-सरक कर जब मीरा पुजारी के पास पहुँची पुजारी ने कहा–

"हाँ तो माताजी आपके नाम पर 31,000 रुपये लिख लें?" मीराबाई को अचानक कुछ सूझा, बोलीं, "पण्डित जी करने तो मुझे 51,000 रुपये हैं लेकिन पति के साथ कल आऊँगी तब कर पाऊँगी।"

पण्डित जी गुस्से में बोले, "आगे सरको दूसरों को जगह दो।"

अब मीरा उस मन्दिर में पहुँचीं, जहाँ यह सब काण्ड हुआ था। पुजारी जी को विशेष मिठाई फल, फूल आदि अर्पित किये। पुजारी जी ने उन्हें विशेष दर्शन कराया और अतिथि बनने का निमन्त्रण भी दिया। मीराबाई ने पूछा, "पुजारी जी यहाँ पिछले दिनों कुछ हुआ था?"

पुजारी जी कुछ कहते हैं उसके पहले ही अपनी बहुत-सी उँगलियों में क़ीमती पत्थर पहने हुए सिल्क के कपड़ों में एक महानुभाव वहाँ आये। पुजारी जी उन्हें मन्दिर में लेकर चले गये। वे महानुभाव पुजारी जी से कुछ कह रहे थे। जाते समय मीरा और कबीर की ओर अजीब सी निगाहों से देखा।

"हाँ तो पण्डित जी जा रयो हूँ। हमारे लाला को कोई तकलीफ़ ना हो ज़रा ध्यान रखियो। सोच रयो हूँ कि लाला की पोशाक के लिए एक लाख रुपये भिजवा देऊँ! राधे राधे।"

मीराबाई पुजारी जी से कुछ पूछना चाहती थीं पर पुजारी जी व्यस्त हो गये।

"बहन जी अब हमारा सत्संग का समय हो रहा है आप लोग भी जाकर विश्राम करें।"

कबीर भाई ने कहा, "चलो बहन समझदार के लिए इशारा काफ़ी है।"

हफ़्ते बाद जब वे मुम्बई पहुँचे प्रगति को कई बार फ़ोन किया लेकिन वो फ़ोन ही नहीं उठा रही थी। एक शाम को मीरा जुहू बीच की ओर जा रही थी, देखा प्रगति और योगीराज वकील एक साथ एक गाड़ी में दिखाई दिये।

कबीर भाई से मीरा ने कहा, "कबीर भाई यह सब क्या है आपके पन्थ की है ना ये?"

कबीर भाई के चेहरे पर दर्द भरी मुस्कान आयी, "क्या कहूँ बहन कुछ लोग सचमुच मेरी राह पर चलना चाहते हैं तो कुछ ऐसे भी हैं जो मेरे नाम पर उगाही करने में भी पीछे नहीं रहते।"

मीरा उदास थीं कि प्रभु को क्या जवाब देंगी? अचानक उनके दिमाग़ में एक विचार कौंधा? वे क़ानून की किताब पढ़ने लगीं, उन सेक्शंस को देखने लगीं जो काम आ सकते थे, किसी ने बताया था भारतीय संविधान के अनुच्छेद 19, 20, 21 आदि ज़रूर पढ़ें। मीराबाई ने सोच लिया था कि अब वे उन लड़कों की पैरवी करेंगी। उन्होंने उसके लिए सारी ज़रूरी औपचारिकता पूरी की। लेकिन जज साहब तारीख़ ही नहीं दे रहे थे। बड़ी मुश्किल से एक तारीख़ मिली।

जज ने कहा, "बयान देने के लिए ताज बीबी को हाज़िर किया जाए।"

अर्दली ने आवाज़ लगायी–ताज बीवी हाज़िर हो।

मीरा ने कहा, "साहब मरा हुआ इन्सान बयान या गवाही देने कैसे आ सकता है?"

जज ने कुछ नाराज़गी से कहा–"आपको भारत के न्यायालयों के बारे में नहीं मालूम! यहाँ जीवित बयान देने वाले गवाह को मरा हुआ मान लिया जाता है, मरे हुए ज़िन्दा हो जाते हैं। इन सबके पास दूरदृष्टि होती है, वे अन्तर्यामी होते हैं, जहाँ भी गुनाह होने वाला होता है, ये अपनी अन्तरात्मा की आवाज़ पर वहाँ पहुँच जाते हैं। हमारी क़ानूनी प्रक्रिया पर सन्देह करके आप अदालत की अवमानना न करें। अपनी बात रखें।"

मीरा–"योर ओनर, बात को बिना वजह तूल देकर ग़लत सन्देश दिया जा रहा है, हमारे देश में ऐसे बहुत से उदाहरण हैं, जहाँ साम्प्रदायिक सद्भाव की मिसाल क़ायम हुई हैं। अकबर के दरबारी रहीम खानखाना और कवि तुलसीदास बहुत अच्छे मित्र थे? तुलसी के पास एक स्त्री अपनी बेटी की शादी के लिए धन माँगने आयी, तुलसी ने कहा–मैं तो सन्त हूँ, मेरे पास धन कहाँ? उन्होंने रहीम के पास उसे मदद के लिए भेज दिया। पत्र में लिखा था—

*सुरतिय-नरतिय-नागतिय-अस चाहत सब कोय।*

[देवता की पत्नी हो या मनुष्य की या नाग की सबको धन की आवश्यकता होती है]

बदले में रहीम ने उस स्त्री को ख़ूब सारा धन दिया और दोहा पूरा करके यूँ भेजा–

*गोद लिए हुलसी फिरे तुलसी से सुत होय।।*

[सबसे सौभाग्यशाली वह माँ है जिसके तुलसी जैसा बेटा हो]"

अब्दुल रहीम खानखाना ने कहा है–

"'रामचरित मानस हिन्दुओं के लिए ही नहीं मुसलमानों के लिए भी आदर्श है।'

*'रामचरित मानस विमल, सन्तन जीवन प्राण,*
*हिन्दुअन को वेदसम जमनहिं प्रगट कुरान'*

क्या उन्हें किसी का डर था? यही नहीं अकबर ने तुलसीदास को अपने दरबार में सम्मान देना चाहा, तुलसी ने मना कर दिया।"

योगीराज वकील बीच में बोलने लगे, "तो अकबर ने सज़ा दी होगी, सताया होगा!"

"नहीं उन्हें कारागार में नहीं डाला गया, रहीम के ख़िलाफ़ भी कोई फ़तवा जारी नहीं किया गया। उस समय तो इस्लामी शासन ही था! योगीराज जी तुलसी को अकबर ने नहीं सताया। उन्हें काशी के कट्टर पण्डितों ने सताया कि उन्होंने रामचरितमानस अवधी में क्यों लिखी संस्कृत में क्यों नही?"

"एक दो उदाहरण से क्या होगा, इनकी कट्टरता तो जग ज़ाहिर है मैडम!"

"मैं अदालत को बताना चाहती हूँ, अमीर ख़ुसरो, रसखान, नज़ीर अकबराबादी, आलम सहित दर्जनों कवि होंगे जिन्होंने कृष्ण के प्रेम में डूबकर कविताएं लिखी हैं. उन्हें पैगम्बर तक माना। सैयद इब्राहिम रसखान बन गये और लिखा कि–यदि मैं अगले जन्म में मनुष्य बनूँ तो यही रसखान बनूँ, अगर पत्थर बनूँ तो वही पत्थर बनूँ, जिसे कृष्ण ने उँगली पर धारण किया था, गाय बनूँ तो वही जिसे कृष्ण चराने जाते थे।"

मीरा देख रही थीं कि जज साहब के भाव बदल रहे हैं, तो उन्होंने आगे कहा, "योर ओनर! नज़ीर अकबराबादी ने जाने कितने पद कृष्ण पर लिखे हैं–

'तू सबका ख़ुदा, सब तुझ पे फ़िदा, अल्लाहो ग़नी, अल्लाहो ग़नी।'

फ़रीद, रसखान, आलम रसलीन, हमीदुद्दीन नागौरी, ख्वाजा मोइनुद्दीन चिश्ती आदि कई रचनाकारों ने राम की काव्य-पूजा की है। कवि ख़ुसरो ने भी तुलसीदास जी से 250 वर्ष पूर्व अपनी मुकरियों में राम को नमन किया है। सन्

1860 में प्रकाशित रामायण के उर्दू अनुवाद की लोकप्रियता का यह आलम रहा है कि 8 साल में उसके 16 संस्करण प्रकाशित करने पड़े।"

योगीराज को बाज़ी पलटती सी लगने लगी तो बोले, "साहेब इन्हें रोकें ये अतीत की बातें कहकर क्या जाताना चाहती हैं?"

"योगीराज जी अभी के समय का सुन लें, अनेक उर्दू रचनाकार राम के व्यक्तित्व की ख़ुशबू से प्रभावित हो अपने काव्य के ज़रिये उसे चारों तरफ़ बिखेर रहे हैं, जैसे अब्दुल रशीद खाँ, नसीर बनारसी, मिर्ज़ा हसन नासिर, दीन मोहम्मद्दीन इक़बाल कादरी, पाकिस्तान के शायर ज़फ़र अली खाँ आदि।"

जज ने कहा, "कुछ बतायें क्या लिखा?"

लखनऊ के मिर्ज़ा हसन नासिर ने रामस्तुति में लिखा है–

*कंज-वदनं दिव्यनयनं मेघवर्णं सुन्दरं।*
*दैत्य दमनं पाप-शमनं सिन्धु तरणं ईश्वरं।।*
*गीध मोक्षं शीलवन्तं देवरत्नं शंकरं।*
*कोशलेशम् शान्तवेशं नासिरेशं सिय वरम्।।*

होठों को टेढ़ा कर योगीराज बोले, "मैडम हिन्दू तो नहीं जाते वहाँ।"

"योगीराज जी थोड़ा अपडेटेड रहें आप मुम्बई पुलिस के लोग उर्स में सर पर फूलों की चादर रखकर माहिम दरगाह में जाते हैं, जो अधिकतर हिन्दू हैं, वे यहाँ मन्नत माँगते हैं, कि अगर फलाँ क़ैदी पकड़ा जाये, तो चादर चढ़ायेंगे। अजमेर शरीफ़ पर हिन्दू अदाकार भी अपनी फ़िल्मों की सफलता के लिए मन्नत माँगते हैं। कितनी मज़ारों और दरगाहों पर हिन्दू फूँक लगवाने, दुआ माँगने जाते हैं। मुसलमान अदाकार, अदाकारी में टीका भी लगाते हैं, भजन भी गाते हैं तो हिन्दू अदाकार नमाज़ पढ़ते हैं, भजन भी गाते हैं। ये वो देश है जहाँ एक ओर चन्दन चढ़ता है, दूसरी ओर चादर! बहुत से उदाहरण हैं, किस-किस को तलब करेंगे लॉर्ड शिप?"

वकील योगीराज–"योर ओनर, मीरा जी लम्बी-चौड़ी बोरिंग कहानियाँ क्यों सुना रही हैं? ये मैडम अदालत का समय ख़राब कर रही हैं, उन्हें कहें मुद्दे की बात करें, कहें।अब तक ताज बीवी नहीं आयी है, हमारे मुवक्किल धर्मराज जी ने उन्हें भी आरोपी माना है। ताज बीबी को अगर हाज़िर नहीं कर सकतीं तो इस केस का फ़ैसला एकतरफ़ा दे दिया जाये।"

जज कुछ कहें, इसके पहले मीरा ने कहा, "साहब एक मौक़ा दीजिए।"

जज ने कहा, "ठीक है अगले महीने की दस तारीख को इस केस की सुनवाई होगी।"

कोर्ट के बाहर काली टोपी वालों में कुछ मौलाना, इमाम भी थे, आपस में कह रहे थे, इस्लामी शासन में भी इतने गुनाह, सबके ख़िलाफ़ फ़तवा जारी करना पड़ेगा, यह सुनकर मीरा के चेहरे पर दर्द भरी व्यंग्यात्मक मुस्कान आयी।

कुछ दिनों बाद मीरा उदास बैठी हुई थीं, कबीर भाई आये। "क्या हुआ मीरा?"

"भाई सुना तो था कि इस देश की कचहरी में कभी केस सलटते नहीं इन्सान मर जाता है। मैं प्रभु को क्या जवाब दूँ?"

कबीर भाई ने कहा "मीरा अब तो दिल कह रहा है,

*अब ये दिल न कोई मज़हब ना मसीहा माँगे।*
*अब तो ये दिल बस प्यार से जीने का सलीक़ा माँगे।*

जाकर देखता हूँ कोई तो राह मिलेगी।"

मीरा और कबीर ने बहुत तैयारी की। तारीख़ वाले दिन मीरा जब कोर्ट पहुँचीं तो जिस कमरे में उनका केस होना था वहाँ कोई दूसरा केस चल रहा था। वे दूसरे कमरे में भी गयी पर वह ख़ाली पड़ा था। वे परेशान हो गयीं। उन ख़ास वकीलों में तो थी नहीं जिनसे जज साहब फ़ोन पर सीधी बात करते थे। आख़िर नाज़िर के पास गयीं–

"पटोले जज साहब कहाँ गये हैं?"

नाज़िर–"जज साहेब छुट्टी वर (पर) विदेश गेले (गये) मैडम।"

"ऐसे कैसे, आज की तो तारीख़ थी!"

"मैडम ऐसे कैसे मंजे काय? गेले मंजे गेले ना।"

"योगीराज वकील भी नहीं दिख रहे हैं।"

"ते पण छुट्टी पर गेले ना मैडम...अभी आप भी अपने घर को जाओ।"

"ऐसे कैसे जाऊँ! हम लोग ऐसे करेंगे तो ग़ैर जमानती वारंट निकाल देंगे। हमारा मुवक्किल नहीं आ पाये, तो एकतरफ़ा फ़ैसला दे देंगे। योगीराज जी को पता है, केस नहीं लग रहा आज, हमें बताने की आवश्यकता भी नहीं समझी किसी ने।"

"देखो मैडम अभी ये केस का तारीख़ जल्दी गिरने वाला नहीं है आराम से पाँच छह महीने बाद आने का।"

मीरा और कुछ पूछना चाह रही थीं पर नाज़िर ने मुँह में पान मसाला डाला और दूर खड़े आदमी की ओर जाते हुए बोला, "काय भाऊ काय चालते (चल रहा है)?"

मीरा वहाँ से मुँह लटकाकर वापस आयीं। कुछ दिनों बाद समाचार पत्र में पन्तप्रधान वकील योगीराज धर्मराज इन सबकी फ़ोटो एक साथ छपी देखी, मीरा के

चेहरे पर व्यंग्यात्मक मुस्कान आयी, और मुँह से निकला–'बहुत कठिन है डगर कचहरी की। मीरा के पास ज़िरह करने के लिए बहुत कुछ था, लेकिन कभी किसी कारण से, कभी किसी कारण से, कुछ भी बात नहीं बन रही थी। तारीख़ पर तारीख़ दी जा रही थीं। उड़ती-सी ख़बर मिली कि जज पटोले साहब का नज़रिया शायद बदलने लगा था इसलिए उनका ट्रांसफ़र कर दिया गया है, यह जानकर मीरा बहुत उदास हो गयीं, मीरा हिम्मत हारने लगी थीं, एक दिन अदालत के बाहर प्रभु दिखाई दिये।

"मीरा बहुत थकी हुई लग रही हो, आओ चाय की टपरी पर चलते हैं, कुल्हड़ की चाय पियेंगे।"

प्रभु ने जानबूझकर उस केस की बात नहीं की।

"मीरा अब कैसा लग रहा है?"

"प्रभु आपके आने से भीतर एक ऊर्जा सी आ गयी है।"

"नहीं मीरा मुझे तो ऐसा लग रहा है कि तुम बहुत थक चुकी हो, निराश हो चुकी हो। अब आर्यावर्त पहले जैसा नहीं रहा है। चलो वापस चलते हैं।"

"प्रभु आप ऐसा कह रहे हैं, आप तो हमेशा कर्म करने की सलाह देते हैं, अन्याय से लड़ने के लिए कहते हैं। बुराइयाँ, विसंगतियाँ कब नहीं रहीं प्रभु?"

"मीरा अब तो ऐसा लगने लगा है जैसे मनुष्य के भीतर का सॉफ्टवेयर ही बदल दिया गया है।"

"प्रभु धारा के विरुद्ध चलकर ही तो इतिहास बनाया जाता है, मैं इतनी जल्दी हार नहीं मानूँगी, क्षमा चाहती हूँ लेकिन अभी वापस चलना नहीं चाहती। प्रभु एक शेर सुनाती हूँ–

*हमने कितने दहरो हरम बना डाले,*
*चलो पहले इन्सान को इन्सान बनाया जाये।*

करना चाहती हूँ यह प्रयास..."

"तो फिर मैं तुमसे कुछ प्रश्न पूछूँगा उनमें से यदि एक भी प्रश्न का तुम सकारात्मक जवाब दे पायीं तो तुम यहाँ रह सकती हो अन्यथा तुम्हें चलना होगा।"

"पूछें प्रभु!"

"तुमने बहुत लम्बा समय यहाँ पूरे सिस्टम को बदलने में लगाया है, तुम कितना कर सकी? सबसे पहले बताओ, संविधान में अभिव्यक्ति की जो आज़ादी दी गयी है, तुम्हें लगता है कि तुम कह सकती हो 'बोल के लब आज़ाद हैं तेरे!' है तुम्हें अभिव्यक्ति की आज़ादी, दिला सकीं तुम औरों को यह आज़ादी?"

"प्रभु दूसरा प्रश्न पूछें!"

"मीरा एन.सी.ई. बी. में क्या तुम बेरोज़गारों की आत्महत्या की दर को कम कर पायीं?"

मीरा की आँखों में नमी आ गयी। प्रभु ने वातावरण को कुछ हल्का करते हुए कहा, "अच्छा, राजनीति में भी गयीं तुम, क्या लगता है तुम्हें कि उन नेताओ का हृदय परिवर्तन कर पायीं?"

इस बात पर मीरा के चेहरे पर एक मुस्कान आयी, "इसका जवाब मैंने आपको दिया था। अगला प्रश्न?"

"भीमराव आम्बेडकर ने मनुस्मृति जलाने को कह दिया था, तुम ऐसा कह सकी,या कह सकोगी?"

"प्रभु कुछ प्रश्नों के जवाब समय पर छोड़ देने चाहिए।"

"ठीक है मीरा जवाब दो, गुरु नानक देव ने कहा था कि 'ईश्वर तक हर इन्सान पहुँच सकता है, कोई पण्डित, मौलवी, पादरी बीच में नहीं आ सकते। क्या तुम ऐसा करा सकीं, क्या तुम धार्मिक समभाव स्थापित कर पायीं?"

इस पर सुन्दर-सी मुस्कान के साथ मीरा ने कहा, "जो आपको सच्चे दिल से याद करते हैं उनके मन में आप रहते ही हैं वहाँ ये सब बीच में नहीं आते हैं बाक़ी दलालों को कौन रोक सकता है? जहाँ तक धार्मिक सहिष्णुता की बात है मैंने बहुत बार देखा है कि इन्सानियत कई जगह तथाकथित धार्मिक असहिष्णुता पर जीतती है। प्रभु आप मेरे उत्तरों से सन्तुष्ट हुए?"

"मीरा, सच कहूँ तो बहुत अधिक तो नहीं हुआ, इतनी कड़वाहट, इतना झूठ, भ्रष्टाचार क्या-क्या कहूँ! कैसे तुम इन सबके सामने लड़ पाओगी!"

"आप पर विश्वास रखकर मैंने विष का प्याला भी तो पिया था उस समय भी मैं कुरीतियों के विरुद्ध खड़ी थी ना। एक बार फिर मुझे प्रयास करने दीजिए।"

फिर एक अलग ही आत्मविश्वास के साथ मीरा ने कहा, "किसी को तो बिल्ली के गले में घंटी बांधनी ही होगी। जब अदालत में अर्दली आवाज़ लगायेगा, 'ताज बीबी हाज़िर हो', तब उन्हें कैसे हाज़िर करना है यह भी तो देखना है ना प्रभु।

मीरा प्रभु को प्रणाम कर, असमंजस की स्थिति में छोड़कर सधे हुए क़दमों से विश्वास भरी मुस्कान के साथ बाहर की ओर चल पड़ीं।

# हिन्दी व्यंग्य का एक मुखर-प्रखर स्त्री-स्वर

**-गिरीश पंकज, रायपुर**

हिन्दी व्यंग्य में परफेक्ट स्त्री-स्वरों की बहुत कमी है। अलका के पहले बड़े नाम हैं, उसके बाद कुछ और भी हैं, लेकिन उनमें वैसे तेवर या वैसी भाषिक-संरचना नहीं दिखती लेकिन डॉ. डॉ. अलका अग्रवाल सिग्तिया उस परम्परा को गतिशील करने का काम कर रही हैं। शायद इसलिए कि वे एक बेहतर कथाकार भी हैं। व्यंग्य में भी इनकी गहरी पकड़ है। व्यंग्य की जो रंजकता और मारकता है, कथारस की प्रचुरता है, वह डॉ. अलका अग्रवाल की रचनाओं में दृष्टव्य होती है।

उनका नया व्यंग्य संग्रह अपने शीर्षक के कारण चौंकाने वाला है। वर्तमान समय में चल रही नयी भाषा 'हिंग्लिश' को आत्मसात करके अलका ने अपने व्यंग्य-संग्रह का शीर्षक रखा है '#मीरा_कूल।' संग्रह में बाईस व्यंग्य शामिल हैं, जो अपनी रोचकता के कारण पठनीय बन पड़े हैं। फिर चाहे वह 'लैंडिंग ऑफ़ मीरा ऑन अर्थ' हो, 'साईं इतना दीजिए...बीएमडब्ल्यू आये' हो, 'हिन्दी हमारी माता', 'रिश्वत धन की लूट है लूट सके तो लूट' हो, चाहे ' ई है इंडिया हमरी जान', 'साधो ये जग बौराना', 'साहब बहरा नहीं है' अथवा अन्तिम रचना 'ताज बीबी हाज़िर हो'।

डॉ. अलका अग्रवाल के ये व्यंग्य एक अख़बार में धारावाहिक स्तम्भ के रूप में प्रकाशित हो चुके हैं। स्तम्भ लेखन करते हुए अक्सर व्यंग्यकार अपनी बात कहने के लिए एक पात्र का सहारा लेते रहे हैं। जैसे गोविन्द प्रसाद व्यास जी 'नारदजी ख़बर लाये हैं' नामक स्तम्भ लेखन करते थे तो उन्होंने नारद का पात्र गढ़ा था, जिससे संवाद करते हुए वे देश की समस्याओं पर व्यंग्यात्मक टिप्पणी करते थे। हरिशंकर परसाई कबीर को पात्र बना कर स्तम्भ लेखन किया करते थे। इस परम्परा

में अलका जी ने एकदम अभिनव प्रयोग किया और किसी पुरुष पात्र का चयन न करके स्त्री पात्र के रूप में मीराबाई को चुना।

ये सभी रचनाएँ व्यंग्य के मानक पर खरी उतरती हैं। ये सब सपाट अभिधात्मक नहीं हैं, वरन लक्षणापूर्ण हैं, व्यंजनात्मक भी हैं। इनमें अर्थवत्ता है, गुणवत्ता भी है। प्रभावोत्पादकता है। इन दिनों मैं ऐसे अनेक व्यंग्यकारों को देख रहा हूँ, जिनके व्यंग्य को पढ़कर यह समझना कठिन हो जाता है कि श्रीमान व्यंग्य लिख रहे हैं या व्यंग्य का उपहास कर रहे हैं। अनेक लेखक व्यंग्य के लक्ष्य को समझते ही नहीं। बस, परिहास की मन:स्थिति में कुछ भी लिख देते हैं, और उसके ऊपर व्यंग्य का टैग लगा देते हैं। लेकिन अलका की रचनाओं में व्यंग्य का टैग भर नहीं होता, शुरू से अन्त तक व्यंग्य-ही-व्यंग्य होता है। व्यंग्य को कभी मनोरंजन की चीज़ नहीं समझें। व्यंग्य साहित्य की एक गम्भीर विधा है। और मेरा मानना है कि व्यंग्य लोक-मंगल, लोक-कल्याण के लिए रचा जाता है। कबीर की रचनाओं में हम सुधारवादी भावना देखते हैं। और यही एक परम्परा है जो भारतेन्दु हरिश्चन्द्र से होते हुए परसाई और शरद जोशी तक आती है। व्यंग्य बौद्धिक विलास नहीं, वह एक ज़रूरी उपक्रम है, जो अपने आसपास का सारा कचरा साफ़ करना चाहता है। अलका भी यही कोशिश करती हैं। इसलिए उनकी अपनी विशिष्ट पहचान है।

संग्रह की उनकी रचनाओं का मुख्य पात्र मीरा है। वही मीरा जिनका पद बहुत मशहूर है, "मेरे तो गिरधर गोपाल दूसरो न कोई।" उस मीरा को व्यंग्यकार ने अपने हर व्यंग्य में मुख्य पात्र बनाया है और समकालीन समस्याओं पर कटाक्ष किये हैं। अगर अलका जी की बाईस व्यंग्य रचनाओं के शीर्षक हटा दिए जायें, तो यह एक व्यंग्य उपन्यास भी हो सकता है। यह भी कहा जा सकता है कि यह एक ऐसा प्रयोगधर्मी उपन्यास है जो बाईस अध्यायों में बँटा हुआ है। वैसे सही बात तो यही है कि सिलसिलेवार व्यंग्य पढ़ने पर औपन्यासिक रचना पढ़ने की ही अनुभूति होती है। रचनाओं के बीच-बीच में मीरा कबीर से भी गुफ़्तगू करती हैं। लगभग सभी रचनाओं में अलका मीरा पात्र के माध्यम से उनका सत्संग कबीर के साथ ही तुलसी, ताज बीबी, रसखान आदि के साथ भी कराती हैं और धरती पर फैली विसंगतियों का जायज़ा लेती हैं।

अनेक व्यंग्यकार नारद मुनि को पात्र बनाते रहे हैं। क्योंकि नारद मुनि के बारे में कहा जाता है कि वह विश्व के पहले पत्रकार हैं, जो सूचनाओं का आदान-प्रदान किया करते थे। मैंने अपने नये व्यंग्य उपन्यास 'नारद मुनि डॉट कॉम' में नारद मुनि

को मुख्य पात्र बनाया है, जो धरती पर आकर रह रहे हैं और यहाँ के भ्रष्ट लोगों के बारे में स्वर्गलोक तक जानकारी भेजते हैं। अलका ने मीरा को केन्द्र में रखा है।

संग्रह की पहली व्यंग्य रचना 'लैंडिंग ऑफ़ मीरा ऑन अर्थ' में मीरा और कृष्ण भगवान के साथ संवाद के बहाने अलका ने धार्मिक पाखण्ड पर प्रहार किया है। कुछ लोग अपना वैभव दिखाने के लिए भण्डारा करते हैं। कुछ लोग भक्ति भाव में डूबकर ऊटपटाँग किस्म के भजन गाते हैं। गणेश भगवान की तरह-तरह की विचित्र मूर्तियाँ बनाकर मज़ाक़ भी उड़ाते हैं। उदाहरण के रूप में व्यंग्य के इस वाक्य को देखिए, "दूसरे पण्डाल में गन्नू बाबू को एक छोटे से स्कूटर पर बैठा रखा था। उनका इतना स्थूल शरीर छोटा-सा स्कूटर। कितने डरे-डरे से बैठे हैं। एक किक मारेंगे, गुलाटी खा जायेंगे। वे चाहती थीं कि कुछ करें, पर अभी-अभी इस विचित्र लोक में आई थीं, किसी से परिचय भी नहीं था।"

'साईं इतना दीजिए...बीएमडब्ल्यू आये' भी ज़ोरदार है, जिसमें भगवान कृष्ण के मोबाइल का रिंगटोन है, "द होल थिंग इज़ दैट के भैया सबसे बढ़िया बड़ा रुपैया''। जब मीरा पूछती हैं कि प्रभु, यह क्या रिंगटोन लगा रखी है, तो प्रभु कहते हैं, "मीरा पृथ्वीवासियों के दिल की सर्वोपरि भावना है यह रिंगटोन।" कृष्ण भगवान का मोबाइल व्यस्त रहता है। मीरा के पूछने पर वह दुखी होकर कहते हैं, "क्या बताऊँ मीरा, जिन-जिन भारतवासियों का काला धन स्विस बैंक में जमा है, उन सबने फ़ोन कर-करके मेरी नाक में दम कर रखा है।" मीरा कारण पूछती हैं तो प्रभु जवाब देते हैं कि "मुझे फ़ोन करके कई महानुभाव कहते हैं, कुछ करो! यदि हमारा काला धन पकड़ लिया गया तो क्या होगा हमारा? हम अय्याशियाँ कैसे करेंगे? बड़ी-बड़ी गाड़ियों में कैसे घूमेंगे? दस-बीस घर कैसे रखेंगे? हमारे बच्चे इंटरनेशनल स्कूलों में कैसे पढ़ेंगे? हम विदेश यात्राओं पर कैसे जायेंगे?" इस रचना में अलका ने देश में हुए कुछ बड़े घोटालों का भी तरीक़े से ज़िक्र किया है। जैसे टू जी, थ्री जी घोटाला। व्यंग्य में यह संवाद भी तीखा है कि "क्या कहूँ मीरा, लोग छप्पन भोग खायें, लड्डू, पेड़ा, बर्फ़ी खायें तो ठीक है। मगर इन्होंने तो कोयले खा-खा कर मुँह काला किया हुआ है।" मीराबाई काले धन वालों से मिलती हैं, तो वे उनसे कहती हैं कि आप मेरे साथ कबीर का दोहा दुहराइए कि "साईं इतना दीजिए जामे कुटुम समाय" लेकिन वे लोग अपना नया गाना प्रस्तुत करते हैं कि "साईं इतना दीजिए, बीएमडब्ल्यू आए/ ऑडी मुझको भी मिले/रोल्स-रॉयस मेरे गैरज की शान बढ़ाये।" सफ़ेदपोश लोगों से मीरा जब दूर जाने लगीं तभी पीछे भारत माता की चीख़ सुनाई दी, पर मीरा कुछ नहीं

कर सकीं। आँखों से आँसू बहे। मुँह से निकला "दर्द की मारी बन-बन डोलूँ।" "यह वाक्य भी व्यंग्य का चरम है कि "शायद फिर भारत माँ का कोई बेटा या बेटी उनकी बोटियाँ काटकर बेचने ले जा रहा था, ताकि उससे कमाया हुआ धन विदेश ले जाकर जमा कर सके।" यह समूचा व्यंग्य हास्य पैदा नहीं करता वरन आक्रोश को जन्म देता है कि हमारी व्यवस्था कितनी भ्रष्ट होती जा रही है। इस देश के भ्रष्ट तन्त्र को यह पूरी रचना बेहद सत्यता और तल्खी के साथ उजागर करती है।

'हिन्दी हमारी माता है' में यह वाक्य मुझे बहुत अच्छा लगा कि "हिन्दी की डफली बजाने वाले हिन्दी साहित्य को जानते ही कितना है?" इस पूरी रचना में व्यंग्यकार ने हिन्दी को लेकर होने वाले पाखण्ड पर्व पर प्रहार किया है। सच यही है कि लोग हिन्दी का उत्सव नहीं, लगता है श्राद्ध मानते हैं। यह वाक्य भी देखें, "मैडम जी! ये हिन्दी की खाते हैं पर हिन्दी क़ी उखाड़ते हैं। कहते हैं, हिन्दी में 'कंफर्टेबल' नहीं हैं। देखा आपने अपना भाषण भी अंग्रेज़ी में लिखवाकर पढ़ रहे हैं।...मीरा के चेहरे पर व्यंग्यात्मक मुस्कान आयी। 'मन न रँगाये रँगाये जोगी कपड़ा'। हिन्दी को मन में बसाते तो हर दिन हिन्दी दिवस होता। हिन्दी दिवस का पाखण्ड देखकर मीरा जी कार्यक्रम में जहाँ गयी थीं, वहाँ से लौटते हुए वह यह पंक्ति गाती हैं, "कड़वा बोल लोक जग बोल्या, करसी म्हारी हाँसी।"

'रिश्वत धन की लूट है लूट सके तो लूट' रचना में अलका ने धरती पर उतरीं मीराबाई को बहुत से क्लबों की सदस्यता दिलवा दी, जिस कारण उनका मिलना-जुलना बड़े-बड़े व्यापारियों और सरकारी अफ़सरों से होने लगा। उनके बीच रहकर मीरा उनके पाखण्डों को भी एक्सपोज करती हैं कि ये लोग 'सर्वश्रेष्ठ रिश्वतखोर अवार्ड' पाने के अधिकारी हैं। रचना के अन्त में लेखिका ने एक धारदार व्यंग्यात्मक दोहा भी लिखा है कि "रिश्वत धन की लूट है, लूट सके तो लूट/वरना तब पछतायेगा, जो नौकरिया जैहे छूट।" यहाँ मैंने महसूस किया कि अलका में काव्य-लेखन की भी प्रतिभा है। हरिशंकर परसाई अपनी व्यंग्य रचनाओं के बीच में इसी तरह के दोहे दिया करते थे। हालाँकि वे उनके अपने दोहे नहीं होते थे। वह अक्सर कबीर के दोहे कोट किया करते थे।

डॉ. अलका अग्रवाल की प्रत्येक रचना में अलग-अलग विषय उठाकर उन पर सार्थक व्यंग्य किया गया है। फिर चाहे वह 'मन्त्री पद का जोड़ है छूटेगा नहीं' हो चाहे 'पुरुष बेचारे कहाँ जायें' या अन्य व्यंग्य। 'पुरुष बेचारे कहाँ जायें' में अलका ने विशुद्ध व्यंग्यकार के रूप में अपने मनोद्गार व्यक्त किये हैं।

मेरी मान्यता है कि एक रचनाकार को लैंगिक बोध से ऊपर उठ कर चीज़ों को देखना चाहिए। इस दृष्टि से इस रचना में वह बहुत दिखाई देता है। अलका एक स्त्री हैं, फिर भी उन्होंने अपनी स्त्रीपन से ऊपर उठकर पुरुषों पर होने वाले अत्याचारों पर बात की है। यह पंक्ति देखें, "यही तो त्रासदी है हम पुरुषों की। महिला प्रताड़ना का हल्ला तो बहुत मचता है पर पुरुष प्रताड़ना का क्या? कुछ महिलाएँ कितनी बार ऐसी ऊटपटाँग हरकतें करती रहती हैं।" एक सशक्त उदाहरण व्यंग्य के अन्त में दिया गया है कि "द्वारका इलाक़े में एक महिला ने आठ साल में अलग-अलग रेप, छेड़छाड़ आदि के मामले अलग-अलग पुरुषों के ख़िलाफ़ दायर किये हैं। उसके बीस-बाईस साल का बेटा भी है। और जिनके ख़िलाफ़ मामले हैं, उनमें कई की उम्र बहुत कम है। सुनने में आया है उनमें से एक ने आत्महत्या कर ली है। कई मानसिक रूप से विचलित हो गये हैं।" वर्तमान समय के इस कटु सत्य को पूरी ईमानदारी के साथ, वह भी तटस्थ भाव से लिखने के लिए डॉ. अलका अग्रवाल की जितनी भी तारीफ़ की जाये कम है। इस व्यंग्य रचना के लिए पुरुष समाज की ओर से अलका का अभिनन्दन किया जाना चाहिए।

स्त्री-विमर्श के इस दौर में यह अपने क़िस्म का पुरुष-विमर्श रखने वाली रचना है। यह और बात है कि इस व्यंग्य के लिए स्त्री समाज नाराज़ हो सकता है। लेकिन मुक्तिबोध ने तो कहा है न कि अभिव्यक्ति के ख़तरे उठाने ही होंगे। अलका ने यह ख़तरा उठाया है। व्यंग्य के मर्म और उसके कर्म को ठीक ढंग से समझते हुए इन्होंने जो रचनात्मक हस्तक्षेप किया है, वह गहरी समझ से ही सम्भव है। मीरा को केन्द्रीय पात्र बनाकर उन्होंने एक अभिनव शैली में व्यंग्य लिखे और समाज को आईना दिखाने की सफल कोशिश की है।

उनके इस प्रदेय की व्यंग्य-आलोचना अनदेखी नहीं कर सकती। डॉ. अलका अग्रवाल सिग्तिया को उनके कालजयी लेखन के लिए व्यंग्य के मुखर और प्रखर स्वर के लिए हार्दिक शुभकामनाएँ।

# नयी शैली का अन्यतम रूप #मीरा_कूल

**–सरोजिनी प्रीतम, नयी दिल्ली**

अलका जी का व्यंग्य संग्रह '#मीरा_कूल', मीरा के नये तेवर-उनकी अलग पहचान का घोषणा-पत्र है। लीक से हटकर ऐसा करारा व्यंग्य कि बहुत से लोग गहन चिन्तन में डूबेंगे।

लेखिका के व्यंग्य लेखों की सूची ही उनके नये दृष्टिकोण की ओर इंगित करती है कि इसमें हास्य-व्यंग्य का पुट होगा–कुछ नयापन अवश्य होगा–मज़े की बात यह है कि आप कुछेक शीर्षक ही देखें–आप पुस्तक एकदम पढ़ने को, उन लेखों का सार जानने को उत्सुक हो उठेंगे।

लेखिका का अपना कथन स्पष्टीकरण देता है, "मीरा प्रभु को परेशान हुआ देख विसंगतियों को दूर करने के लिए कबीरदास की लेखनी का कॉपीराइट लेकर धरती पर लैंड हुई हैं।" हर क्षेत्र की अलग-अलग विसंगतियों से सामना होता है, मीरा क्या करती हैं, यही सब कथाओं में बहुत ही रुचिकर और विचारोत्तेजक रूप में प्रस्तुत किया गया है।

हर क्षेत्र की अलग-अलग विसंगतियों का सामना करने की रोचक स्थितियों का कथाओं में लपेटकर समाधान आप भी ढूँढ़ते नज़र आयेंगे। ज़रा शीर्षक देखें–समानान्तर दोहे-कविता-कुण्डलियां प्राचीन काल के सन्दर्भ में लिखित पद आदि नये रूप में कथाओं का घटनाक्रम व्यंग्य के कड़े तेवर में नितान्त नये ढंग में वर्णित करने में अलका जी ने विशेष सावधानी बरती है।

मीरा पहले अपने कृष्ण से शिकायत करके उनकी बेरुखी जानना चाहती है और फिर कृष्ण की दुविधाएँ समझकर वास्तविकता की परतें उधेड़कर रखते समय लेखिका कथानक को नये मोड़ पर ले आती है। कुछेक शीर्षक ख़ासतौर पर देखें–

लैंडिंग ऑफ़ मीरा ऑन अर्थ
साईं इतना दीजिए, बीएमडब्ल्यू आये
रिश्वत धन की लूट है लूट सके तो लूट!
मन्त्री पद का जोड़ है, छूटेगा नहीं!
हम बयानों की खेती करते हैं
बन जा बेटा, बन जा बाबा
तू नहीं और सही...
सैंया भये कोतवाल अब डर काहे का!

अलका जी का यह व्यंग्य-संग्रह उद्धरण उदाहरणों से समृद्ध है तथा एक नयी शैली का अन्यतम रूप भी कहा जा सकता है। डॉ. डॉ. अलका अग्रवाल सिग्तिया जी को मेरा शुभाशीष। वे स्थापित लेखिका है उनकी रचनात्मकता से साहित्य और अधिक समृद्ध होता रहे। हार्दिक शुभकामनाएँ।

# यथार्थ को गहराई देने का काम करते व्यंग्य

**–तरसेम गुजराल, जालन्धर**

डॉ. अलका अग्रवाल का नया व्यंग्य-संग्रह दर्शाता है कि उनमें व्यंग्य बड़ा कुदरती है। इसलिए कृत्रिम जैसा कुछ नहीं लगता। वह अच्छी तरह समझ रही हैं कि व्यंग्य सत्ता का प्रतिपक्ष बनकर उभरता है। सरल होना और वास्तविकता से परिचय करवाते रहना इतना भी आसान नहीं होता। उनकी व्यंग्य रचनाएँ यही करती हैं। बड़ी सहजता से सामाजिक, राजनीतिक, वैचारिक, तथा आर्थिक विसंगतियों को तथा कथनी और करनी के बीच फैली विषमताओं को उजागर करना जैसे उनके लिए लक्ष्यबद्ध हो। वह पाठक के अन्दरूनी सवालों, उनकी कराह को वाणी देती नज़र आती हैं। वैसे तो 'निज कवित्त केहि लाग न नीका' आजकल के व्यंग्य लेखकों में नज़र आने लगी है। लेकिन वह आत्मालोचना करती रहती हैं। और अपने पाठक को ध्यान में रखती हैं। उनकी मीरा भारत माता की चीख़ सुनती है परन्तु कुछ कर नहीं पाती, शायद भारत माँ का कोई बेटा या बेटी उनकी बोटियाँ काट कर बेचने जा रहा था ताकि उससे कमाया हुआ धन विदेश ले जाकर जमा कर सके।

विकास और भ्रष्टाचार के मुद्दे प्रभावित करते हैं तो उसके पीछे चाहत है कि मतदाता भविष्य का आकलन करे।

यथार्थ को गहराई देने का काम उनका व्यंग्य करता है–मन्त्री पद का जोड़ है।

मीरा कबीर का तालमेल बड़ा सहज है।

आज के तनाव, स्वार्थपरकता और अन्धश्रद्धा पर कटाक्ष उल्लेखनीय है।

# व्यंग्य की रोचक, विलक्षण पुस्तक

**–डॉ. शैलेश श्रीवास्तव, मुम्बई**

'#मीरा_कूल' डॉक्टर डॉ. अलका अग्रवाल सिग्तिया की एक विलक्षण पुस्तक, जिसका नाम बड़ा ही रोचक है, अपनी तरफ़ आकर्षित करता, जिज्ञासा जगाता कि इसमें क्या कुछ है आधुनिकता से भरा।

व्यंग्य की अलग शैली को दर्शाती यह किताब, जिसमें सोलहवीं सदी की मीरा, परत-दर-परत खोलती हैं समाज में आज भी व्याप्त विसंगतियों और विद्रूपताओं को।

लेखिका ने अपनी कल्पनाशीलता से उसे रोचक और प्रभावी ढंग से लिखा है मानो वह सब आज भी आपके सामने घटित हो रहा है।

मैं इसके लिए डॉक्टर डॉ. अलका अग्रवाल जी को साधुवाद देती हूँ।

❑❑